센타크논 전문집(傳文集)

-센타크논 제4권-

임 웅 지음

창조와 지식

저자 **임 웅**(任雄)

* 성균관대학교 법학전문대학원 명예교수

* 1983년 3월부터 31년간
  성균관대학교 법과대학 교수로 재직

* 경기고등학교와 서울대학교 법과대학 졸업

* 2016년 6월 소설 센타크논 제1권 출간

* 2017년 10월 소설 센타크논 제2권 탁란조의 비밀 출간

* 2019년 6월 소설 센타크논 제3권 영성지수 출간

센타크논 전문집 (傳文集)

센타크논 제4권

차례

프
롤
로
그
p
r
o
l
o
g
u
e

외계 우주선 아칸투스호의 함장인 센타크논은 대원들이 본국으로의 귀향 채비를 하는 동안 행성 지구와 지구인을 생각하는 데 대부분의 시간을 보낸다. 갖가지 상념이 맴을 돌다가 종내에는 지구인 신성수(申聖水)에게 모아진다. 그는 본국을 통치하는 최고지도자 급의 영성지수를 보였기에 지구인 멸종을 단념하게 한 신성수를 잊을 수가 없다.

그는 지구에 체류하는 동안 지구와 지구인을 관찰한 기록을 토대로 해서 신성수에게 들려주고픈 이야기를 추려내어 글쓰기를 시작한다. 그는 이야기의 토막토막이 매듭지어지는 대로 쓴 글을 신성수에게 전문(傳文)한다.

제
1
장

1
학대받는 아이

  군에서 갓 제대한 청년은 그리던 집으로 향합니다. 그러다가 어린 조카 옥(玉)이가 생각났습니다. 옥이는 아홉 살입니다. 자신을 무척이나 따르는 예쁜 여자아이입니다. 5년 전 엄마를 잃고 계모 밑에서 힘들게 자라고 있을 아이가 눈에 밟혀, 집보다 조카를 먼저 찾아보기로 했습니다.

  선물을 사고 싶었습니다. 백화점에 갔습니다. 선물로 줄 학용품을 살피다가, 가까이에 조카 나이 또래의 여자아이들이 있는 것을 보았습니다. 저 아이들이 가장 갖고 싶어 하는 것을 옥이도 갖고 싶어 할 것 같아, 물어보기로 했습니다. 아이들은 청년을 인형 코너로 데리고 가서 눈부신 공주 인형을 가리켰습니다. 가격이 엄청 높았습니다. 청년은 무리이긴 해도 그 인형을 샀습니다.

  형님 집에서 조카를 만났습니다. 옥이는 1년 반 만에 만나는 막내 삼촌 품에 안겼습니다. 둘이서 옥이가 좋아한다는 떡볶이 집에 갔습니다. 청년은 허겁지겁 떡볶이를 먹고 있는 옥이를 뜯어보았습니다. 이마에, 팔뚝에 난 멍을 보았습니다. 자주 맞아서 난 멍 자국이었습니다. 옥이는 행색이 남루했습니다.

포장한 인형 선물을 주었습니다. 포장을 뜯어본 옥이는 숨이 넘어갈 듯이 좋아했습니다. 옥이는 바로 그 공주 인형을 친엄마 돌아오기를 바라듯이 원하고 있었습니다. 그런 옥이를 보면서 청년은 눈물을 흘렸습니다. 막내 삼촌이 눈물 흘리는 것을 보면서 옥이도 눈물을 흘렸습니다. 옥이를 꼭 껴안아 주고 나서 청년은 부모님 집으로 갔습니다.

옥이는 단 하루였지만 5년 만에 행복을 맛보았습니다. 자신을 위해 울어주는 사람이 있다는 행복이었습니다. 옥이는 그날 밤 꿈을 꾸었습니다. 자기가 공주가 된 꿈이었습니다. 꿈에서 천사가 포근한 날개로 자신을 안아주었습니다. 천사를 쳐다보았습니다. 막내 삼촌의 얼굴이었습니다. 옥이는 밤마다 시달리는 꿈을 꾸다가 5년 만에 처음으로 행복한 꿈을 꾸었습니다.

2

샴모곔모

어머니는 아들을 생각합니다. 열여섯 살에 교통사고로 갑작스레 엄마 품을 떠난 아들입니다. 죽은 아들을 향한 어미의 그리움과 한을 어찌 필설로 옮기겠습니까?

어머니의 죽은 자식 생각은 온몸을 타고 도는 액체였다가, 삼년이 지나서는 굳어 고체가 되었습니다. 지금은 마음 속 응어리로 박혀 있습니다.

일곱 살 때 아들은 엄마에게 약속을 걸어 왔습니다. 엄마와 자기 둘 사이에서만 통하는 암호를 정하자고 했습니다. 엄마와 자기가 '언제 무엇이 되더라도' 서로를 확인할 수 있는 암호라고 했습니다. 둘 중 하나가 '좀비'가 되더라도, 영화 '백 투 더 퓨처'나 '터미네이터'에서처럼 과거, 현재, 미래라는 시간이 뒤죽박죽이 되더라도 엄마와 자신 사이를 확인시켜주고 이어주는 암호라고 했습니다.

아들이 정한 암호는 "샴모곔모"입니다. 아들은 다른 사람에게 이 암호를 절대로 알려주면 안 된다고 당부했습니다. 서로 새끼손가락을 걸고 맹세했습니다.

　　열 살 때 아들은 급환으로 병원 응급실에 실려 갔습니다. 응급처치가 끝나고, 아들은 고열에 시달리면서도 엄마를 찾아 옆에 앉히고 귓속말로 속삭였습니다.

　　"샴모껨모."

　　엄마도 남몰래 아들 귀에 응답했습니다.

　　"샴모껨모."

　　오늘따라 유달리 아들 생각이 납니다.

　　어머니는 혼자서 나직이 불러봅니다.

　　죽은 아들과 단둘이서만 통하는 암호입니다.

　　"샴모껨모."

3
나는 닭입니다.

나는 닭입니다.

나는 주인 부부가 키우는 많은 닭들 중 한 마리입니다. 주인은 우리를 알뜰살뜰 보살피며 정성들여 키웁니다. 사료에 갖가지 보양식을 섞어 먹이고, 널찍한 뜰에 놓아 키우는 덕에 우리는 풀 위를 뛰놀며 벌레 잡아먹고, 모래 더미에 뒹굴며 흙 목욕도 합니다.

그런데 주인 부부는 하루에도 몇 차례 돌변합니다. 돌변할 때마다 내 친구인 닭 몇 마리씩 잡아갑니다. 그럴 때마다 우리는 잡히지 않으려고 "꼬꼬댁"거리며, 날고, 뛰고, 난리법석을 떱니다.

주인 부부는 닭백숙 식당을 합니다. 잡아간 닭을 죽여, 삶고, 요리해서 손님들에게 말합니다. "저희가 자식처럼 정성들여 키운 닭입니다. 육질은 부드럽고 쫄깃쫄깃 합니다. 맛은 담백하고 향긋합니다. 자식처럼 사랑하며 키운 닭은 달라도 뭔가 다릅니다. 드셔 보세요."

나는 주인 부부를 이해할 수 없습니다. 어떻게 자식처럼 사랑하며 키웠다면서 그럴 수가 있습니까? 어떻게 자식을 죽일 수 있습니까? 어떻게 자식 고기를 남들에게 먹일 수 있습니까? 어떻게 자식을 죽여 팔아서 돈을 벌 수 있습니까? 나는 주인 부부의 자식 사랑을 정말 이해할 수 없습니다.

어느 날 밤에 나는 주인 부부가 하는 말을 엿듣게 되었습니다.

"여보! 나는 아무래도 이 장사를 더 이상 계속 할 수 없겠어. 자식처럼 사랑하며 키운 닭을 내 손으로 죽이고, 그 고기를 주물럭거려 파는 일을 하는 게 정말 괴로워!"

"나도 그래요. 정말 못할 짓을 하는 거예요. 말 나온 김에 이 장사를 그만 두기로 합시다."

"그런데 이 장사 그만두면, 앞으로 뭐 해서 먹고 살지?"

"여보! 좋은 생각이 있어요. 본격적으로 양계장을 하기로 하는데, 식용이 아니라 산란용으로 닭을 키우기로 합시다."

"그거 좋은 생각입니다. 내일부터 당장 그렇게 합시다."

그날 밤 나는 처음으로 평화롭게 잠을 잤습니다. 그 후 우리 주인은 돌변하는 일이 없었습니다. 내게는 주인 부부가 진정으로 부모 같아 보였습니다. 나는 주인을 위해 열심히 알을 낳았습니다.

나는 닭입니다.

옛날 불행했던 닭에서 이제는 행복한 닭입니다.

4

소년 그리고 새 한 마리

만성 폐질환을 앓고 있는 소년이 있습니다. 아버지는 아들의 건강을 위해 가족을 데리고 전원으로 이사했습니다. 아담한 정자와 연못이 돋보이는 집에 새 터를 잡았습니다.

소년은 전원에서나 가져봄직한 꿈을 이루어보기로 마음먹었습니다. 연못가 향나무 가지에 새 먹이통을 걸어놓고 여러 곡식 먹이를 담아둡니다. 아침저녁 먹이 시간대에 창가에 앉아 새 먹이통을 바라봅니다. 그리고 새들이 찾아오기를 기다립니다. 새들이 먹이통 곡식을 쪼아 먹고, 틈틈이 먹이를 통에 넣어주는 소년에게 친근해져서, 소년의 손 위에도 날아들고 어깨 위에도 내려앉는 날이 오기를 손꼽아 기다립니다.

갓 부화한 병아리만큼 작은 새들이 선명한 삼색 깃털을 몸에 달고 향나무 가지에 앉아 있습니다. 새들은 호기심인지 경계심인지 초롱초롱한 눈으로 주변을 살피고, 창가에 앉아 있는 소년을 탐색합니다. 그런데 정작 먹이통 먹이에는 입을 대지 않습니다.

언제나 먹이를 먹을까 기다리고 기다려도 새들은 먹이통에 전혀 관심을 보이지 않습니다. 새들은 정원을, 집을, 가족들을 한참이나 관찰하다가 날아가 버립니다. 안달이 난 소년이 아버지에게 묻습니다. 새들이 왜 먹이통 곡식을 먹지 않느냐고. 아버지가 대답합니다. 지금 여름철에는 숲과 벌판에 새 먹이가 되는 벌레가 그득해서 구태여 먹이통 곡식에 입을 댈 필요가 없을 거라고 합니다. 가을이 되면 소년이 담아놓은 먹이를 먹을 거라고 위로합니다.

가을이 왔습니다. 소년은 이제나 저제나 새들이 날아와 먹이통에 머리를 디밀어대길 기다립니다. 그런데 가을철이 거의 지나가도 바라는 일이 일어나지 않습니다. 참다못해 소년이 아버지에게 묻습니다. 새들이 왜 먹이통 먹이를 먹지 않느냐고. 아버지가 조심스레 대답합니다. 가을에는 산과 들에 새 먹이가 되는 열매와 곡식이 가득해서 구태여 먹이통에 찾아올 이유가 없을 거라고 합니다. 소년은 실망이 커서 수심에 잠깁니다. 산과 들에 먹이가 딸리는 겨울이 되면 소년이 주는 먹이를 먹을 거라고 아버지가 아들을 다독입니다. 소년은 겨울이 빨리 오기를 기다립니다.

추운 겨울철이 찾아 왔습니다. 차가운 날씨 때문에 소년이 앓고 있는 폐질환이 심해집니다. 소년이 겨울을 넘기기 힘들지도 모른다고 의사가 아버지에게 귀띔합니다.

소년은 아버지 말씀대로 겨울철에는 새들이 먹이통에 날아들 것이라고 굳세게 믿으며 기다립니다. 아침에 냉한 공기를 마다 않고 창문을 연 채로 창가에 앉아 향나무 가지를 바라봅니다. 소년의 병이 위중해집니다. 콜록콜록 거친 기침소리가 소년의 명(命)을 재촉하는 듯합니다. 소년은 새들이 먹이통에 날아들기를 기다리며 하루하루를 넘깁니다.

　눈이 많이 내린 아침입니다. 집과 정원이 온통 흰 눈으로 덮여 있습니다. 향나무 가지에도 눈이 소복이 쌓여 있습니다. 소년은 여느 때와 다름없이 창가에 앉아 새 먹이통을 바라봅니다. 콜록거리는 기침소리가 유난합니다.

　어느 순간 소년의 눈이 반짝 합니다. 새 한 마리가 먹이통에 날아와 기웃거리는 것을 보았습니다. 새는 조금 있다가 먹이통에 머리를 처박습니다. 이윽고 먹이를 쪼아 먹습니다. 고개를 까닥이면서 연신 먹이를 쪼아댑니다.

　소년이 그토록 기다리던 황홀한 순간이 왔습니다. 소년은 가슴이 터질 듯 기쁨이 벅차올라 어쩔 줄 몰라 합니다. 소리 지르며 깡충깡충 뛰고 싶지만, 새가 달아날까 걱정이 되어 꾹 참고 있습니다. 기쁨의 열기가 소년의 뺨을 붉게 물들이고, 폐까지도 뜨겁게 달구어 놓습니다.

여름철과 가을철 동안 애끓게 기다리다가, 드디어 이 춥디추운 겨울철에 맞이한 감격스런 순간입니다. 새 한 마리 날아와 먹이통 먹이를 먹게 되기까지 병약한 소년이 일곱 달을 간절히 기다린 결실입니다. 실컷 먹고 난 새 한 마리는 창가에 앉아 있는 소년과 눈을 맞춥니다. 그러고 나서 꼬리 깃털 서너 번 흔들어주고 날아갑니다. 갑자기 콜록거리던 소년의 기침이 멈추었습니다.

　이제 아무리 추운 겨울이 오더라도 소년은 기침을 하지 않습니다.

5

북한동포

2500만 북한동포가 잠들어 있습니다.

2500만 한핏줄의 의식이 잠들어 있습니다.
2500만 동포의 인권이 잠들어 있습니다.
2500만 한겨레의 행복이 잠들어 있습니다.
2500만 한민족의 역사가 잠들어 있습니다.

2500만 동포는
오랜 잠에서 몸부림치며
누군가 흔들어 깨워 주기를 기다립니다.
누가 언제 흔들어 깨워 줄지를
동포는 알지 못합니다.

마냥 기다립니다.
그냥 허우적거립니다.

우리의 소원은

2500만 북녘동포가

기나긴 잠에서 깨어나는 것입니다.

6
나무가 좋습니다.

나는 나무입니다.

어느 날 내 몸은 도끼로 사정없이 찍혀 쓰러졌습니다.
쓰러진 내 몸은 전기톱으로 마구 잘려 조각났습니다.

수백 조각으로 잘린 내 몸은 흑연 심이 박히고 꽁지에 고무가 달려,
연필로 탄생했습니다.

나는 어린이의 고사리 손에 쥐여졌습니다.
고사리 손은 나를 쥐고 글을 썼습니다.
글씨는 삐뚤빼뚤,
심을 부러뜨리기도 하고,
꽁지로 박박 지우기도 했습니다.
나는 고사리 손에 안기는 것이 좋습니다.

고사리 손은 나를 쥐고 일기를 썼습니다.

봄철에 쓴 일기입니다.

"오늘은 식목일이다. 나는 산에 가서 나무를 한 그루 심었다. 내가 심은 나무가 무럭무럭 잘 자랐으면 좋겠다."

여름철에는 이렇게 썼습니다.

"오늘은 무더운 날이었다. 낮에 달리기를 하고 나서 큰 나무 밑 그늘에서 쉬었다. 나를 시원하게 해 준 나무가 좋다."

가을철에 적은 일기입니다.

"오늘은 부모님과 단풍 구경을 갔다. 붉게 물든 나무와 노랗게 물든 나무가 숲속에 가득했다. 곱게 물든 나무가 보기 좋았다."

겨울철에는 이렇게 적었습니다.

"시골 할머니 집에서 자고 왔다. 아궁이에 장작을 지펴 불 때고 잤다. 나를 따뜻하게 재워준 나무가 좋다."

7

술에서 벗어난 당신

내게 소중한 당신,
미래가 창창한 한창 나이의 당신,
온 세상을 품을 듯이 포부가 큰 당신!
빛나는 당신이 왜 그리 술을 마시는가요?

술에 절어 초라해지고 빛바랜 당신,
술 앞에 무너진 당신이 너무도 안타깝습니다.

쓰다듬을 길 없는 마음의 상처에 아파하는가요?
일어설 수 없는 절망에 허덕이는가요?
억울하기 짝이 없는 분노가 꺼지지 않는가요?

술병을 끼고 사는 이유를 왜 말해주지 않는가요?
당신의 건강을 걱정하는 나머지, 내 가슴은 까맣게 타들어갑니다.

술을 마시더라도 순한 술을 드시지, 왜 독한 술만을 찾는가요? 마신 독주가 작은 탱크로리 한 대를 가득 채울 거라고 자조 섞인 웃음을 웃는 당신, 나이 오십을 넘기지 못하고 죽을 거라며 씁쓸해 하는 당신, 비겁한 자살행위나 다름없다는 당신!

술 앞에 장사 없고, 술은 뼈까지 녹인다는데, 어찌 당신은 탈도 나지 않는가요? 당신이 술로 병이라도 났으면 하는 내 심정을 짐작하겠어요? 그러면 정신 차리고 술을 끊게 되지나 않을까 하는 희망 때문이에요.

당신이 그래도 사람으로 보이는 단 하나는 매일 뒷산에 산책 가는 일이에요. 올봄에 산책에서 돌아온 당신 손에 야생화 한 송이가 들려 있었지요. 그 꽃을 식물 표본으로 만드는 당신 얼굴에 잔잔한 기쁨이 서렸습니다.

거나하게 술 취하는 기쁨 외에 야생화를 찾아다니고 표본 만드는 기쁨이 당신에게 서서히 자리 잡았습니다. 당신은 야생화 도감까지 제작해서 주위에 나눠주고, 받은 사람이 기뻐하는 모습에 자신의 기쁨을 배가(倍加)했습니다. 당신은 애주가이면서 야생화를 사랑하는 사람이 되었습니다.

드디어 술고래가 술병이 났습니다. 어느 날 아침잠에서 깨어난 당신은 일어서질 못했지요. 다리가 저리다고, 다리가 마비되었다고 하며 한참을 주물럭거리고 나서 간신히 일어섰습니다. 그 길로 종합병원에 갔습니다. 세밀한 진찰을 받았지요. 의사의 검사 소견으로는 아무런 이상이 없다고 했습니다. 당신은 혹시 술에 원인이 있지 않나 해서 의사에게 자신의 주벽을 털어 놓았지요. 의사의 답은 단순했습니다. 술을 끊어 보시고 다리가 낫으면 다리 마비의 원인은 술입니다.

시험 삼아 술을 끊은 당신 다리가 일주일 만에 멀쩡해졌습니다. 삼십년 넘은 음주에 뇌가 망가지지 않고, 간이나 위장이 상하지 않은 것이 다행입니다. 다리 마비로 경고하신 하나님은 소중한 당신을 사랑하시는 모양입니다. 가벼운 처벌로 그쳤으니까요.

당신은 남은 인생을 결정지을 선택의 기로에 섰습니다. 술 마시는 기쁨에 머물 것인가, 아니면 야생화 사랑에 술을 포기할 것인가 하는 선택입니다. 다리가 마비되면, 시내를 건너고 돌산을 넘어 야생화 만나러 가는 기쁨을 잃게 될 것입니다.

하나님이 사랑하시는 당신은 야생화가 주는 기쁨을 택했지요. 삼십년간 의지해온 술과 작별했습니다. 당신은 믿을 수 없을 만큼 손쉽게 술에서 벗어났습니다. 술에 아무런 미련도 두지 않았습니다. 내 눈에는 기적으로 보였습니다.

당신에게 술보다 더 큰 기쁨을 주는 일이 있어서 기적이 일어난 것이
지요. 술꾼에게 술보다도 더 큰 기쁨을 주는 일이 생기면, 간단히 술을 끊
을 수 있다는 기적을 목도했습니다.

하나님은 내게 소중한 남편을 소중히 여겨주셨습니다.
하나님! 저는 하나님과 제 남편을 사랑합니다.
그리고 감사합니다.

8

교만

    왕국에서 첫째로 교만한 왕이 그 나라에서 둘째로 교만한 신하를 불렀다.

    "경은 교만하다고 생각지 않으시오?"

    "전하, 어인 말씀이온지요?"

    "경은 현명한 사람이니, 교만이 무엇인지 잘 알 것이오. 교만이 무엇인지 어디 말해보시오."

    "예, 조금 안다고 해서 우쭐대며 남을 가르치려 하고, 조금 잘 났다고 해서 뽐내면서 맨 앞자리에 서려하며, 조금 힘을 가졌다고 해서 으쓱대며 힘을 휘두르는 것이 교만입니다."

    "그만하면 알고 있는 셈이지만, 교만한 사람의 결정적 흠을 한번 말해보시오."

    신하는 잠시 생각하고 나서 대답한다.

    "교만한 사람은 자신의 의견만이 옳다고 생각하여, 의견이 다른 자를 공박하고 무시하며, 더 나아가 배척하고 억압하는 잘못을 저지릅니다. 결정적 흠은 다른 사람의 다른 의견에 귀를 기울이지 않아 편협해질 뿐더러, 심하면 우월한 권력을 행사하여 감옥에 가두는 횡포함에서 찾아볼 수 있습니다."

"말 잘 하셨소. 경은 스스로를 어찌 생각하시오?"

신하는 왕이 원하는 대답이 무엇인지 알아챘다.

"소신이 천박한 소견을 전하께 현답인 양 올리고 보니, 스스로 교만한 사람임을 알겠나이다."

"그렇다면 경은 어떻게 처신해야 되겠소?"

"전하, 소신은 덕을 쌓아 교만한 언동을 삼가고 겸손을 체득하겠나이다."

"사람이 어디 쉽게 변하겠소? 교만의 결정적 흠을 제거하는 것이 급선무가 아니겠소?"

"전하, 어인 하교를 내리시는 것이온지요?"

"교만한 자의 결정적 잘못은 권력을 행사하여 의견이 다른 자를 내치는 것이 아니겠소? 그러니 교만한 자가 권력을 행사하지 못하도록 그 힘을 빼앗는 것이 최우선이라고 해야 할 것이오."

"전하, 소신이 이제서야 깊으신 뜻을 짐작하겠습니다. 소신은 대신의 지위를 내려놓고 초야에 묻혀 겸손의 덕을 닦도록 하겠나이다."

"경이 그토록 처신을 잘 하니, 짐이 경을 사랑하는 바이오."

"전하, 하온데 소신이 전하의 교만에 대하여 얕은 의견을 올려도 되겠사옵나이까?"

이 말에 일순간 왕의 양미간이 찌푸려지고 눈 꼬리가 씰룩한다. 신하는 아차 싶었다. 역린을 건드려 말 못할 고초를 자초할 수 있으니, 재빨리 말을 바꾸기로 했다.

"전하께오서는 전혀 교만하지 않으신 까닭에 신하의 교만을 훈계하실 수 있나이다. 어찌 교만한 자가 교만한 자를 꾸짖을 수 있겠습니까? 소신으로 하여금 교만함을 스스로 깨닫게 해주시어, 덕을 쌓아 인간다운 인간의 길을 걷도록 보살펴주신 은혜에 감읍하나이다."

왕은 나라에서 두 번째로 교만한 자를 물리쳤다. 이번에는 나라에서 세 번째로 교만한 신하를 불러, 앞서 하던 대로 뜻을 관철했다. 두 신하가 맡았던 고위직이 공석이 되자, 나라에서 겸손하기로 칭송이 자자한 두 사람 인재를 청하여 그 자리에 앉혔다. 그런데 새로 취임한 두 신하는 권력을 얻은 지 10개월 쯤 되어서부터 서서히 교만해지고, 15개월이 지나서는 나라에서 둘째와 셋째로 교만한 사람이 되었다.

왕은 전에 써먹었던 수법을 재차 사용하여 후임 신하 둘을 내쫓고, 나라에서 겸손하기로 다섯 손가락 안에 드는 군자 두 사람을 모셔와 중책을 맡겼다. 국왕의 두 차례에 걸친 처사를 겪어본 신하들은 지위 고하를 막론하고 어떻게 해야 자리보전을 할 수 있는지를 터득했다. 적어도 외면상으로는 겸손을 가장해야 하고, 사사로이 권력을 행사하더라도 은밀하게 일을 획책해야 했다. 나라에 겉으로나마 교만이 자취를 감추고, 위선으로

나마 겸손이 전면에 나섰다. 열길 물속은 알아도 한치 사람 마음속은 모르는 법이니, 국왕은 표피로 행해지는 겸손만으로도 크게 만족했다.

왕은 드디어 덕치국가를 이룩했다는 자부심에 들떠, 더욱 교만해졌다. 신하와 국민 모두를 겸손의 덕으로 교화했다고 믿고 자부했다. 비교해서 첫째 둘째를 따질 수준을 훨씬 넘어선 고차원의 교만이 왕의 내심에 확고히 자리 잡았다. 교만의 극치에 달한 왕이 짤막한 교지(敎旨) 둘을 반포했다.

"짐이 하는 일에는 잘못이 있을 수 없다."

"짐이 하는 말은 곧 법이다. 모든 신민(臣民)은 짐의 말을 따라야 한다."

절대 권력을 누리는 국왕은 시간이 흐를수록 교만이 더해지고 굳어져서 절대 교만에 등극했다. 왕의 최종적인 교지가 떨어진다.

"짐의 뜻은 신(神)의 뜻이다. 짐의 뜻과 말과 권력은 신으로부터 나오는 것이다."

왕권신수설이 배태되는 순간이다.

교만 중에 가장 무서운 교만!

자신을 신의 위치에 올려놓은 교만이 이렇게 탄생했다.

9
불안과 공포

"쨍그랑"

아버지 책상에 놓여 있던 찻잔이 떨어져 깨지는 소리였다. 찻잔은 산산조각이 났다. 그 순간 아이의 낯이 새파래졌다. 아이는 몰래 아버지 방에 들어와 이것저것 뒤져 보던 호기심이 불러온 사고에 후회막급이었다.

깨진 찻잔은 아버지의 재산목록 1호였다. 아버지는 2백여 년 전 조선 시대 도자기 명인이 만들었다는 다기 세트를 애지중지했다. 찻잔 5개와 차 주전자, 그리고 받침으로 이루어진 세트였다. 아버지는 틈만 나면 찻잔을 들어 이리보고 저리보고, 손가락으로 튕겨보며 소리를 듣곤 했다. 명품 이조백자를 감상하는 아버지의 눈은 그윽하고 애정이 넘쳤다. 자식을 보는 눈빛보다 더 극진했다.

아이는 그런 찻잔을 깨뜨린 것이다. 앞으로 닥쳐올 징벌을 생각하니 온몸이 오싹했다. 아버지는 엄하다 못해 폭군처럼 집안을 다스렸다. 체벌은 차치하고, 아이는 평생 동안 아버지의 저주를 받으면서 살아가야 할 것이다. 어머니의 도움이 절실했다. 아이가 저지른 참사를 듣고 난 어머니도 안색이 새파래졌다. 몸까지 벌벌 떨었다. 모자는 깨진 찻잔과 흔적을 말끔히 치워버리고, 아버지에게 철저히 함구하기로 약속했다.

아버지가 그 찻잔을 언제나 찾을까 하고, 모자는 전전긍긍하면서 아버지 눈치를 살폈다. 아버지가 언짢은 기색을 보이면 혹시 그 참사를 알아챈 것은 아닌가 하여 좌불안석이었다. 사는 게 사는 게 아니었다. 언제까지 이러고 살아야 하나 하고 고민도 깊었다. 차라리 아버지에게 자수하여 광명을 찾는 것이 더 낫겠다 싶을 때도 있었다.

드디어 올 날이 오고야 말았다. 참사가 발생한지 닷새가 지난 날, 퇴근하는 아버지는 분기탱천하여, 씩씩거리며 집으로 들어섰다. 손에 보자기를 들고 있었다. 아버지가 그렇게 화난 얼굴을 한 것은 처음이었다.

아버지는 문제의 찻잔이 어디 있느냐고 소리쳐 물었다. 이구동성으로 "모르겠어요!"라는 대답이 나왔다. 아버지는 보자기를 마당으로 가져갔다. 그리고 도구함에서 큰 망치를 꺼내 들었다. 보자기를 풀었다. 도자기 차 주전자와 찻잔 네 개가 나왔다. 아버지의 재산 목록 1호 품목이었다.

아버지는 망치를 들어 마당에 놓인 애장품을 사정없이 내려쳤다. 여러 차례 내려쳐 산산조각을 냈다. 분을 못 이기는 것이 역력했다. 모자는 공포에 질렸다. 모자는 아버지 앞에 가서 무릎을 꿇고 두 손을 싹싹 비비며 "잘못했어요. 제발 그러지 마세요!"라고 연거푸 애원했다.

아버지가 어머니에게 말했다. "당신도 알지? 이조백자 감정가로 유명한 그 이박사 말이야. 혹시나 해서 내 다기 세트를 감정해 달라고 갖다 맡겼더니, 모조품이라고 해. 가짜란 말이야. 내다 버리라고 하더군. 내가 그냥 내버릴 수가 있겠어? 하도 화가 나서 박살을 내버리는 거야. 남은 찻잔 하나 발견하면, 당신이 깨서 버리도록 해. 앞으로 나한테 찻잔 이야기를 꺼내지도 말아!"

무릎 꿇고 있었던 모자는 그 자리에서 꼬꾸라지고 말았다.

10

짝사랑

    효자 아들은 곱게 늙은 홀어머니를 모시고 살았습니다. 그런데 어머니가 치매에 걸리고 증세가 심해지자, 아들집을 떠나 요양병원에 맡겨지게 되었습니다.

    치매환자는 난폭해져서 주위를 힘들게 하는 타입과 얌전히 지내면서 연민을 불러일으키는 타입이 있습니다. 아들에게 위로가 되는 것은 어머니가 후자에 속한다는 사실입니다. 환갑을 넘긴 어머니는 망각 중에 꽃다운 시절 열여섯 소녀로 돌아가 있습니다.

    아들은 주말마다 어머니를 찾아가, 집에서 모시지 못하는 불효를 메우고자 애씁니다. 아직 아들만큼은 알아보는 어머니는 아들을 반깁니다. 이번에 만난 어머니는 오른손 안에 무언가를 꼭 쥐고 있습니다. 아들이 그게 뭔가 하고 좀 보자 해도 고개를 내젓고, 손을 강제로 펴보려고 해도 한사코 뿌리칩니다.

    점심 때 밥 먹는 자리에서 어머니는 오른손 안에 든 것을 호주머니에 조심스레 갈무리합니다. 무언가 슬쩍 보니 꼬깃꼬깃한 휴지 한 장입니다. 참으로 이상하다싶어 아들이 간병인에게 물어봅니다. 간병인이 웃으며 사연을 전해줍니다.

병원에 치매환자를 돌보는 자상한 의사가 있습니다. 그 의사는 칠순을 넘긴 남자 노인입니다. 정기적인 순서가 되어 어머니가 진료를 받던 중에 의사가 휴지로 코를 풀고 책상 위에 던져두었습니다. 진료가 끝나자 어머니는 쏜살같이 책상 위에 놓인 휴지를 집어 들고 진료실을 빠져 나갔습니다. 어머니는 의사가 코풀고 버린 휴지를 때로는 손안에, 때로는 호주머니에 간직한 채, 한 달이 지났습니다.

어머니는 결코 그 휴지를 놓지 않습니다. 그 휴지가 너덜너덜 해질 때까지 소중히 간직합니다. 늙은 남자가 코풀고 버린 꼬깃꼬깃한 휴지는 열여섯 소녀가 님을 그리는 사랑의 징표입니다.

11

태양과 여덟 행성

태양을 중심으로 공전하는 여덟 행성이 있습니다. 그런데 옛적에 지구인이 태양을 도는 명왕성에게 아홉 번째 행성의 지위를 부여했습니다. 명왕성을 다스리는 신(神) 플루토(Pluto)는 대단히 기뻐했습니다. Pluto는 자신에게 걸 맞는 격(格)을 찾아준 지구인을 매우 기특하게 생각했습니다. 지구인 중에 죽어서 자신이 지배하는 명부의 세계에 오는 인간에게는 자신의 옆자리를 차례차례 내주었습니다.

사단(事端)은 그로부터 76년 후에 벌어졌습니다. 지구인이 명왕성을 기존 행성(Planet)의 지위에서 끌어내려 왜소행성(Dwarf)으로 격하시켰습니다. Pluto는 대로(大怒)했습니다. 지구인을 괘씸하게 생각했습니다. Pluto는 지구를 캄캄한 암흑세계에 잠겨버리게 하는 벌을 내렸습니다.

지구가 암흑세계가 되면, 식물이 광합성을 하지 못해 죽어버립니다. 식물계가 멸망하면 식물을 먹고사는 동물도 따라 죽고 맙니다. 지구는 생태계의 먹이사슬이 끊어져 생명체가 모두 멸종하는 죽음의 행성이 됩니다.

지구는 일곱 천체와 형제 행성으로 태어났습니다. 이 일곱 행성을 다스리는 신들이 지구를 걱정한 나머지 회의를 엽니다. 수성의 신 Mercury, 금성의 신 Venus, 화성의 신 Mars, 목성의 신 Jupiter, 토성의 신 Saturn, 천왕성의 신 Uranus, 해왕성의 신 Neptune이 모여, 지구를 살릴 묘책을 찾으려고 애씁니다.

행성 중에 맏형인 목성의 신 주피터(Jupiter)가 회의에 마침표를 찍습니다.

"이 참사는 우리가 해결할 수 있는 문제가 아니다. 태양신께 가서 해결해달라고 주청하기로 하자. 그리고 이 기회에 지구를 다스리는 신의 이름을 태양신으로부터 받아오기로 하자."

일곱 행성신들을 만난 후, 태양신이 문제를 해결하고자 Pluto를 불러 타이릅니다.

"네가 분노한 이유를 잘 안다. 그러나 지구를 하루 종일 암흑세계로 변하게 한 징벌은 너무 가혹하다. 너의 징벌로 생명체가 찬란하게 번성한 생명의 행성, 지구가 죽음의 행성이 되고 만다. 지구에 하루 중 반날은 광명을, 또 반날은 어둠을 내리는 것이 어떻겠느냐?"

Pluto가 태양신의 중재안에 순종합니다. 그래서 지구에 밤낮이 여전합니다.

태양신이 지구의 명칭을 청한 행성 일곱 신들에게 답을 줍니다.

"지구는 신이 다스리는 행성이 아니다.

 지구는 지구인이 다스린다.

 그래서 지구에게는 신의 이름이 없다.

 지구는 지구(Earth)일 따름이다."

12

흥부와 놀부

    흥부는 생후 두 달된 강아지를 얻어다 길렀다. 복을 몰고 오라는 염원에서 '복돌이'라고 이름 지었다. 살림 형편이 빠듯해서 맨밥에 된장 개어 먹여도 복돌이는 토실토실 잘 자랐다. 농사짓느라 바빠서 털 한번 제대로 빗어주지 못해도 무럭무럭 잘도 컸다. 흥부는 자신을 졸졸 따라다니는 복돌이에게 사랑만큼은 듬뿍 주어 키웠다.

    녀석은 어려서부터 영리했다. 게다가 주인을 끔찍이 위했다. 지덕체(智德體) 세 가지 복을 타고난 강아지였다. 그 중 지혜가 으뜸이었다. 주인이 무엇을 원하는지 기막히게 알아채고는 즉시 행동으로 옮겨 주인을 기쁘게 해주려고 애썼다. 그러기에 흥부는 복돌이를 더욱 더 사랑했다. 둘 사이는 아빠와 아들 이상이었다.

    흥부가 밭일하다가 멀찍이 놓인 호미가 필요해서 손으로 가리키며 '호미'하니까 복돌이는 호미를 물어다 주었다. 그 다음엔 손으로 가리키지도 않고 '호미'하면 호미를 물어왔다. 복돌이는 별로 무겁지 않은 농기구 심부름은 척척 해내었다. 하도 신기해서 흥부는 집안에서도 '휴지', '물병', '담배'를 물어오는 심부름을 시켜보았다. 역시 척척 박사였다. 입으로 냉장고 문을 열고, 그 안에 든 음식을 꺼내올 줄도 알았다. 주인이 벗어둔 옷도 이름 들은 대로 물어왔다. 흥부가 휴대폰 둔 곳을 기억하지 못해 쩔쩔 매도 복돌이에게는 식은 죽 먹기였다.

　복돌이의 신통한 재주는 일취월장했다. 사람 말을 알아듣는 언어능력도 뛰어났고, 숫자 개념도 터득했다. 1에서 10까지 적은 손바닥만한 나무판을 열 개 진열해놓고, 복돌이에게 "3 더하기 4는 무어지?"라고 질문하면, 7이 적힌 나무판을 물고 왔다. 이 녀석이 사람인가 싶었다. 사람들은 복돌이를 천재견이라고 했다.

　한번은 흥부가 읍으로 5일장을 보러갔다. 거기서 원숭이가 재주부리는 구경을 시켜주고 관객들에게 모자를 돌려 푼돈을 걷는 곡마단을 만났다. 가만 보니, 복돌이 재주가 그 원숭이보다 백배는 더 될 성싶었다. 관객들이 복돌이 재주를 보면 감탄한 나머지 적지 않은 돈을 던져 주리라는 생각이 들었다. 흥부는 이왕지사 농사 때려치우고 강아지 쇼맨으로 나서기로 했다. 흥부의 예상은 적중했다. 흥부는 관중을 놀라게 할 복돌이 재주의 레퍼토리를 기획해서 오일장이 열리는 지방 곳곳을 누비고 다녔다. 반응은 뜨거웠다. 장날에는 구경거리도 필수이다. 복돌이의 공연이 끝나면 구경꾼 수백 명이 너도나도 천원짜리 지폐를 복주머니 안에 넣어주었다. 심지어 만원짜리 지폐도 여러 장 들어왔다. 한 번 쇼에 수십만 원, 하루에 3회 공연이니, 한 달에 수천만 원 현금 수입이 생겼다. 복돌이는 황금알을 낳는 거위였다. 복돌이는 그야말로 복둥이였다.

흥부가 복을 누리는 것을 놀부가 그냥 보고만 있을 리 없다. 놀부는 감쪽같이 복돌이를 훔쳐왔다. 복돌이와 친해지고 길들이기 위해 시간을 넉넉히 잡아 정성을 다하기로 했다. 복돌이에게 귀한 갈비살과 등심을 사다가 매일 먹였다. 아침저녁 복돌이 털을 빗질해주고, 틈만 나면 쓰다듬어 주었다. 잘 때에는 복돌이를 안고 잤다. 한 달이 지났다. 복돌이에게 재주를 시켜보았다. 그런데 재주는커녕 꼼짝도 안했다. 여러 날을 시도해보아도 깜깜했다. 복돌이 새끼는 아비를 닮아 값을 많이 받고 분양할 수 있겠다는 요량으로 한창 나이의 건강하고 잘 생긴 암컷을 사왔다. 교미기인데도 복돌이 거시기는 미동조차 하지 않았다. 또 한 달을 공쳤다.

놀부는 복돌이를 데리고 돈벌이하기는 틀린 것을 알았다. 화가 나서 복돌이를 마구 때렸다. 복돌이는 놀부를 보면 피하고 숨기 바빴다. 그러면 더욱 화가 난 놀부는 더 두들겨 팼다. 천재견 복돌이는 놀부집에서 매만 맞고 사는 천더기가 되었다.

복날에 시골 사는 놀부집 앞을 개장수가 지나가며 확성기로 외쳐댄다.

"한 근에 오천 원 쳐 드립니다." 놀부는 복돌이를 내다 팔았다. 무게를 달아보니 열 근 나갔다.

13

거울

한밤중에 잠이 깨어 거실로 나갔다.
현관 옆 전신거울이 눈에 들어왔다.

거울에 어깨 꾸부정한 할머니가 보였다.
할머니는 늙은 어머니 모습이었다.
어머니가 왜 여기 계신가? 하고 놀랐다.

정신 차려 거울을 다시 보았다.
꾸부정한 할머니는 바로 나였다.

14

나는 불친절합니다.

나는 아침 일찍부터 베이커리에서 아르바이트합니다.

잠이 덜 깬 채로 일합니다.

나는 손님에게 퉁명스런 얼굴을 합니다.

말을 무뚝뚝하게 합니다.

손님이 뭘 물어도 잘 대답하지 않습니다.

오늘 아침 집을 나서는 내게

어젯밤 늦게 들어왔다고 아버지가 야단쳤습니다.

오늘 아침 출근이 늦었다고

팀장이 야단쳤습니다.

오늘 오후 지친 몸으로 학교가면

수업시간에 졸까봐 걱정입니다.

오늘 오후 마감일에 휴대폰 요금을 못 낼까봐 걱정입니다.

나는 불친절합니다.

15

노숙인

겨울철 혹한이 갑자기 몰려와, 공원에서 잠자던 노숙인 네 사람이 얼어 죽었습니다. 그들은 연옥(煉獄)에 도착한 후, 정죄(淨罪)를 베푸는 베드로 성인 앞에 섰습니다. 베드로는 얼어 죽은 네 노숙인이 무척이나 불쌍해서 각자의 소원을 들어주기로 했습니다.

베드로는 첫 번째 노숙인에게 소원을 묻고, 대답을 들었습니다.

"따뜻하고 편안한 잠자리를 원합니다."

차례가 이어졌습니다.

"따뜻하고 맛있는 음식을 원합니다."

"따뜻한 물에 목욕하고 나서, 따뜻하고 깨끗한 옷으로 갈아입기를 원합니다."

마지막 노숙인 차례였습니다.

"저는 다시 노숙인으로 돌아가고 싶습니다."

베드로는 깜짝 놀랐습니다.

"노숙인은 사회가 버린 유기인(遺棄人)이 아니냐?

어째서 춥고 배고프고 더럽고 외로운 노숙인으로 돌아가길 원하느냐?"

노숙인의 나지막한 목소리가 연옥을 울렸습니다.
"지닌 것이 많으면 자유롭지 못합니다.
노숙인은 재산도, 지위도, 가족도 없습니다.
그래서 진정으로 자유롭습니다.
저는 비록 춥고 배고프고 더럽고 외롭지만,
미련 없이 죽을 수도 있는 자유인으로 되돌아가고 싶습니다."

16
자살하려는 청년

고민이 너무 심해 자살하기로 결심한 청년이 어떻게 자살할지를 고민했습니다. 목을 매달지? 고층 건물에서 투신할지? 약물을 복용할지? 등등, 자살방법을 고민했습니다. 그러다가 평소 다니는 절에 계신 스님에게 여쭈어 보기로 했습니다.

청년이 스님에게 질문했습니다.
"스님! 고승이 죽음을 앞당기고자 할 때 어떻게 합니까?"

스님은 즉각 대답하지 않고, 청년의 눈을 찬찬히 들여다보았습니다. 청년의 눈에는 번뇌가 가득했습니다. 자살하려는 확고한 결심이 보였습니다. 그 마음을 되돌릴 수 없음도 알았습니다. 스님이 들려줄 마지막 말은 오직 위로였습니다.

"인생이란
보잘 것 없는 미물이
알 수 없는 세상에서

꿈틀거리다 가는 것입니다."

그 말을 듣고, 청년은 자살하지 않았습니다.
그는 좀 더 꿈틀거려 보기로 했습니다.

17
한 발자국 더

나는 오늘따라 기분이 좋았다. 간밤에 오던 비가 그치고, 오늘 아침에는 청명한 하늘, 상큼한 대기, 싱그럽고 선명하게 존재를 드러내고 있는 초목이 산속에 사는 기쁨을 뿜어주고 있었다. 어젯밤 노다지를 캐는 길몽이 좋은 기분을 더했다. 오늘은 큼직한 횡재를 할 예감이 들었다. 집을 떠나 산에 오르기 시작했다. 두 다리에 힘이 뻗쳤다.

산길을 세 시간 가량 걸어 봉우리를 두 개 넘고, 웅장한 바위로 솟아 있는 세 번째 봉우리 기슭에 이르렀다. 위세가 당당한 암벽 봉우리를 올려다보았다. 바위산이다. 바위 높이가 300m 가까이 되어 보인다. 저 봉우리에서 급하게 아래로 경사진 바위 비탈은 비록 천길은 과장이라 하더라도 백길 정도는 되는 낭떠러지를 이루고 있다. 저런 바위산 암벽에는 석이버섯이 군집해 자라고 있을 터였다.

나는 버섯 채취꾼이다. 며칠 전에는 저 바위산 왼쪽으로 돌아가며 버섯을 찾았으니, 오늘은 방향을 오른쪽으로 잡아보기로 했다. 거대한 바위 틈새와 틈새를 훑어보며, 특히 바위 그늘진 곳을 유심히 살핀다. 봉우리 꼭대기 우측 안쪽 우묵한 곳에 덕지덕지 붙어 있는 거무스레한 물체들이 보인다. 틀림없이 석이버섯 군락지이다. 노다지다. 잽싼 걸음으로 산봉우리에 다다랐다. 그 다음에는 조심조심 암벽을 타고 봉우리 바로 밑 버섯 군락지로 다가갔다.

버섯 노다지가 나를 반기고 있었다. 망태기에 석이를 쓸어 담았다. "심봤다!"를 외치고 싶은 심정을 억누르며, 얼굴에 가득한 웃음으로 대신했다. 어젯밤 길몽이 맞긴 맞았다. 순식간에 망태기가 가득 찼다.

첫 군락지 버섯을 다 따고, 옆 군락지에 눈을 돌렸다. 2-3m 떨어진 곳이다. 간밤에 온 비로 젖은 바위는 미끄럽기 짝이 없다. 망태기 다음으로 노다지를 채울 배낭을 등에 메었다. 몸을 납작 엎드려 엉금엉금 바위 비탈을 탄다. 시선을 아래로 돌리니 백길 낭떠러지가 나를 노려보고 있다. 오싹하다. 배까지 바위에 붙이고 포복을 한다. 드디어 두 번째 버섯 군락지에 손이 닿았다. 조금씩 조금씩 뜯어가며 한 무더기 버섯을 배낭에 채웠다.

이제 뒤로 물러나야 할 때다. 그 순간 서너 움큼 되는 실한 석이버섯 더미가 보인다. 손을 뻗쳐 거리를 가늠해보니, 두 뼘 정도 모자란다. 어떻게 할까? 나는 자못 망설인다. 젖은 바위 비탈에 몸을 가까스로 붙이고 아슬아슬하게 두 번째 노다지를 캔 직후이다. 욕심을 그만 부리고 물러날 것인가?

손끝 가까이에 있는 버섯 더미를 보니, 돼지 삼겹살 한 근을 살만한 돈이 될 듯하다. 삼겹살 먹은 지 한참 되었다. 저걸 따서 고기 먹을 욕심이 동한다. 아주 조금만 발을 내디디면 버섯 더미에 닿을 수 있다. 그런데 바위에 이끼가 끼어 미끌미끌하다. 아래를 내려다보니 백길 낭떠러지가 섬뜩하다. 아차 하면 황천길이다. 어떻게 할까? 머릿속은 왔다갔다 하고, 가슴은 두근두근한다. 한 발자국만 더 내디디면 삼겹살이 한 근인데, 까짓것 죽지 않으면 살기지, 오늘은 기분 좋은 날이 아닌가!

나는 조심조심 한 발자국 앞으로 내밀었다. 순간 나는 휘청 하며 허공에서 허우적거렸다. 한 발자국 더 디딘 나는 백길 낭떠러지를 날고 있었다.

18
기독교인이 된 연유

누구에게나 한번쯤 인생의 위기라고 하는 순간이 찾아온다. 내게 지진처럼 닥쳐온 위기는 불면증이라는 끔찍한 쓰나미를 몰고 왔다. 겪어보지 않은 사람은 모른다. 불면증에 시달리는 사람은 마치 그리스 신화에서 매번 새로 돋아나는 간을 날마다 독수리에게 뜯기는 프로메테우스에 비견할 만한 고통을 겪는다. 그 고통으로부터 벗어나려고 몸부림치다가 끝내 백약이 무효라는 절망에 떨어지면 극단적 선택을 시도하기도 한다.

나도 오래 지속되는 불면증과 처절한 사투를 벌였다. 직장을 휴직하고 의술, 운동요법, 정신과 상담, 요가와 명상, 해외여행 등등 매달려보지 않은 치유책이 없었다. 별별 민간요법에 현혹되기도 했다. 물론 수면제에 의지했었다. 그러나 복용하는 단위용량이 점점 커지고, 수면제에 대한 내성이 강해져서, 불면증 자체만큼이나 위협적이었다.

캄캄한 동굴에서 한 줄기 빛을 간구하는 심정으로 살았다.

잠! … 잠이 그토록 소중한 것인가!

자연이 내린 최상의 휴식!

단 한 시간만이라도 그 휴식을 누려 보았으면!

내가 선잠을 자기는 잘 것이다. 그러나 나는 한시라도 잠을 자지 못한 사람처럼 느껴졌다. 내 신경은 항상 초비상상태였다. 얼마 못 살 것 같은 예감이 들었다. 나는 죽음을 예비했다.

이유는 무엇이든 간에 종교를 거부하던 내가 마지막으로 종교에 맡겨 보기로 했다.

일요일 아침 가까운 교회의 예배에 나갔다. 한껏 팽팽한 신경에 벌건 눈을 한 내가 좌우 눈치를 살피며 어설프게 기도도 하고 찬송가도 따라 불렀다.

목사의 설교가 시작되었다. 그런데 웬일인가! 목사가 설교를 시작한 지 3분이 지나지 않아 내게 졸음이 밀려 왔다. 그 후는 옆에 있던 아내가 증언할 따름이다. 5분 후쯤 내가 코를 골기 시작했단다. 주위의 눈총이 쏟아졌지만, 아내는 나를 보호했다. 20여 분의 설교시간 동안 나는 그토록 갈망하던 숙면을 취했다. 목사의 설교가 끝나니 잠이 깨었다. 정말 신기했다. 내게 기적이 일어난 것이다.

그 이래로 나는 매일 새벽예배에 나가고, 일요예배와 수요예배도 빠뜨리지 않았다. 갈 때마다 꿀잠을 잤다. 기적을 보고도 믿지 않을 사람은 없다.

그렇게 해서 나는 독실한 기독교인이 되었다.

19

번뇌와 해탈

인간의 욕심

끝이 없어라!

인간의 번뇌

끝이 없어라!

해탈하려는 욕심

그것도 번뇌이어라!

20
나는 술병에서 꽃병이 되었습니다.

　일본에서 명주(銘酒)를 빚는 장인이 술에 걸 맞는 용기를 제작하기로 했습니다. 뛰어난 공예가에게 의뢰하여, 내가 유리 술병으로 태어났습니다. 내 형제 술병은 수천 개가 만들어졌습니다.

　나는 어찌어찌 하다가 바다 건너 한국의 해안가 횟집 술상에 놓이게 되었습니다. 주객(酒客) 세 사람이 내 안에 담긴 명품 청주를 마시며 품평을 합니다.

　"참으로 그윽한 술일세 그려!"

　"이런 명주는 태어나 처음 마셔 보네!"

　술을 가져온 주객은 자랑스러워하고, 흡족해 합니다. 세 사람은 술을 알아주기는 하면서도 나를 알아주지는 않습니다.

　이윽고 내 안에 담긴 술이 비었습니다. 그런데 주객 한 사람이 나를 물끄러미 보더니, 술병 주인에게 양해를 구합니다. 대화가 오갑니다.

　"여보게, 친구! 내가 이 술병을 가져가도 되겠나?"

　"아니, 그걸 뭐 하러 가져가? 빈 병인데, 이제 버려야지!"

"비록 빈 유리병이지만, 빚은 곡선과 청색이 가히 일품일세. 집에 가져가고 싶네."

"그런 쓸모없는 술병을 가져가려는 자넬 보니, 자네 집엔 온갖 잡동사니가 그득 쌓여 있겠구먼!"

"이건 우리가 마신 술에 못지않은 명품 술병이야. 내 책상 위에 올려두겠어."

"그것 참! 자넨 요상한 수집벽을 갖고 있어."

나는 새 주인에게 주어졌습니다. 그는 나를 깨끗이 씻고, 깨질 새라 책상 위에 고이 얹었습니다. 다음 날 그는 싱싱한 아이리스(Iris) 한 송이를 사와서 내게 꽂았습니다. 청아한 청색의 내 몸과 단아한 청보랏빛 꽃송이는 놀랍게도 잘 어울려, 보기 드문 아름다움을 뿜어냈습니다.

내가 새 주인에게 속삭였습니다.

"쓰레기장에서 깨져 부서질 저를 구해주셔서 감사합니다.

당신의 눈과 손을 거쳐, 저는 술병에서 꽃병이 되었습니다."

21

절대로 믿기지 않아, 내가 죽는다니

가)

절대로 믿기지 않아

내가 불치병 환자라니,

절대로 믿기지 않아

내가 암환자 말기라니,

절대로 믿기지 않아

내가 반년이면 죽는다니,

나)

내가 죽는다고?

아닐 거야, 절대 아닐 거야,

내가 누구인데!

나는 예쁘고, 순수하고, 창창해,

나는 아직 젊디젊어

나이가 스물 둘이야,
미래를 꿈꾸기만 했어
성공을 꿈꾸기만 했어
사랑을 꿈꾸기만 했어

아직 죽기는 이르잖아!
미래가 펼쳐져야지,
성공이 이뤄져야지,
사랑이 피어나야지,

나는 굳세고, 너그럽고, 쾌활해,
이겨야지,
이겨내야지,
이겨낼 거야,
내가 누군데!

다)
　화가 나서 죽을 듯해
　죽을 병에 걸렸다니,

원통하기 그지없어
내가 그냥 꺾인다니,
인간세상 가소로워
암 고치지 못한다니,
하나님이 원망스러
밝은 내가 죽는다니,

라)

암치료 몸망치네
먹으면 구토하고
머리털 뭉텅빠져
피부는 푸석하고
온몸이 앙상해져
기운은 탈진하고
기분이 엉망이야

마)

희망은 있을 거야

지극정성 다하니까
기적이 있을 거야
하나님 믿으니까
명의가 있을 거야
살린 환자 많다니까
내 몸은 무적이야
기도로 살 테니까

바)

엊그제 넘어졌어
무릎이 깨어졌네
어제는 기절했어
기억이 나지 않아

내일 눈 흐려져
아무 것도 못 보겠지,
모레 못 먹어서
기력이 동나겠지,
글피 못 마셔서

갈증에 허덕일세,

그글피 못 일어나

숨만 쉬는 송장이지

절망뿐인 오늘 아침

삶의 의지 고갈됐어

사)

병 걸려 죽은 사람 셀 수 없어

젊어서 죽은 사람 많기도 해

미래 꿈꾸다가 접을 수도 있어

성공 꿈꾸다가 놓칠 수도 있어

사랑 꿈꾸다가 목맬 수도 있어

천국 살아가다 잃을 수도 있어

암도 내 몸 안에 있어

죽음도 내 삶 안에 있어

아)

꼬리 까닥이는 새 한 마리
생명이 아름다워
살짝 내려앉는 꽃 한 송이
자연이 신비로워
퐁당 떨어지는 물 한 방울
우주가 성스러워

살다 죽어가는 내 몸 하나
이들과 다름없어

자)

내게 죽음이 다가왔어
이제 모든 게 평화로워

22

도시 쥐, 시골 쥐

도시의 하늘은 잿빛입니다. 겨울철엔 더 심합니다.

도시의 공기는 매캐합니다. 점점 더 대기오염이 심해집니다.

도시의 소음이 거슬립니다. 기계음이라서 더 싫습니다.

도시의 교통은 짜증납니다. 정체와 주차에 시달려 교통지옥입니다.

도시인은 로봇 같습니다. 경쟁과 갈등이 심해지면서 천성을 잃어갑니다.

이런 도시 살이를 삼십년 넘게 한 부부가 있습니다. 열심히 일한 덕에 돈을 꽤 많이 모은 부부입니다. 두 사람은 나이 오십을 바라보는 즈음에 도시가 너무나도 싫어졌습니다. 삶의 숨을 고르고, 그리던 꿈을 실현하기로 용단을 내렸습니다.

아내는 고향이 먼 남쪽 섬, 어촌입니다. 부부는 짙푸른 바다가 보이고 파도소리 들리는 몽돌 해변에 살기로 했습니다. 돈 들여 이층집 짓고 널찍한 정원을 마련했습니다. 해변 마을 이웃들은 돌담 안 납작한 집에 삽니다. 부부는 꿈에 그리던 삶을 실현했기에 무척이나 행복했습니다.

다음해 늦여름, 부부가 사는 해안가에 무시무시한 태풍이 몰아쳤습니다. 폭우와 폭풍이 이층집을 강타했습니다. 아래층이 물에 잠기고 이층 지붕이 날아갔습니다. 엄청난 너울성 파도가 해변을 휩쓸었습니다. 부부는 죽음의 공포로 그날 밤을 지새웠습니다. 부부는 바닷가 삶에 정이 떨어졌습니다. 수마(水魔)는 그토록 무서웠습니다.

　남편은 고향이 백두대간, 깊은 산촌입니다. 부부는 바닷가를 떠나, 그리던 삶을 첩첩산중에서 실현하기로 용단을 내렸습니다. 돈 들여 산 속 봉긋한 터에 이층집 짓고 진귀한 정원수로 단장했습니다. 산촌 이웃들은 산골짝 허술한 오두막에 삽니다. 부부는 태풍 걱정 없는 산골 살이에 무척이나 행복했습니다.

　다음해 봄철, 부부가 사는 산마루에 큰 불이 났습니다. 무시무시한 산불은 강풍을 타고 순식간에 산골 마을을 덮치고 부부의 보금자리를 삼켰습니다. 부부는 맨몸으로 시뻘건 불길을 피해 산 아래 바닷가로 도망쳤습니다. 부부는 산골 살이에 정이 떨어졌습니다. 화마(火魔)는 그토록 무서웠습니다.

　부부는 도시에 돌아가 살기로 또 다시 용단을 내렸습니다. 그리고 귀도(歸都) 생활에 점차 젖어 들었습니다.

부부는 비록 도시의 하늘, 공기, 소음, 교통, 도시인이 싫다 해도, 자신들이 도시라는 독 안에 든 쥐라는 것을 알았습니다.

23

쇠는 녹이 쓴다.

쇠는 녹이 쓴다.

쇠가 녹 쓸지 않으려면?

24
의심과 조심

사주(社主)인 대기업 회장이 자식에게 임원 자리를 주고, 후계자 수업을 합니다.

"신중히 가려서 사람을 쓰되,
일단 사람을 쓰면 믿어야 한다."

아버지 당부에 젊은 아들이 응답합니다.

"예, 그러겠습니다.
다만,
저는 사람을 쓰면,
의심은 하지 않지만,
조심은 하겠습니다."

회장이 속으로 생각합니다.
"아들이 나보다 낫구나!"

25

그냥 좋으니까 좋다.

그는 김선비와 영암과 월출산을 좋아한다.

그가 김선비를 좋아해서,
영암과 월출산을 좋아하게 되었는지,

영암과 월출산을 좋아해서,
김선비를 좋아하게 되었는지,

그 선후를 알지 못한다.
그냥 좋으니까 좋다.

어디선가 영암이라는 소리가 들리면,
그의 귀가 확 뜨인다.
언제든 월출산의 한 장면이 보이면,
그의 눈이 확 뜨인다.

눈과 귀가 확 열리는 때가 있기에

그는 매양 좋아라한다.

26
똘똘이와 또라이

  동생은 어려서부터 공부를 잘하고 똑똑해서, 별명이 '똘똘이'입니다. 일류 대학을 우수한 성적으로 졸업한 후, 지금은 대우가 좋은 대기업에서 근무합니다. 똘똘이답게 아주 말발이 센 엘리트 회사원입니다. 형은 어릴 적 공부를 잘 못해서 지금은 작은 슈퍼마켓 주인입니다.

  형이 동생에게 미담(美談)을 이야기합니다. 장애인 자식을 둘이나 둔 가난한 가장이 교통사고까지 당했다는 딱한 사정을 알게 된 큰 부자가 1억 원을 희사했다는 좋은 이야기입니다. 동생이 반응을 보입니다. 1억 원을 희사한 건 증여인데, 국가가 1억 원에 대하여 증여세를 물려야 할지 말아야 할지, 만약 세금을 물린다면, 준 사람한테 물려야 할지, 아니면 받은 사람한테 물려야 할지가 문제된다고 열변을 토합니다.
  동생은 미담에는 관심이 없습니다.

  형의 중학생 딸이 춘향전을 읽은 감동을 이야기합니다. 동생이 조카에게 가르칩니다. 춘향전은 중세시대의 불평등한 신분질서를 고착시키는 퇴폐문학이라고 잘라 말합니다. 남자 주인공 이도령이 춘향이의 몸종인

향단이와 사랑을 나누는 내용으로 춘향전을 고쳐 써야 한다고 열변을 토합니다. 그러면서 삐뚤어진 반민주적 계급관을 바로 잡아야 한다고 역설합니다.

동생은 아름다운 사랑이야기에는 관심이 없습니다.

돌아가신 할아버지 제삿날입니다. 형수가 힘들게 차린 제사상을 보고서 동생이 한마디 합니다. 제사음식이 잘못 놓였다면서, 생선반찬은 동쪽에, 고기반찬은 서쪽에 진설하는 어동육서(魚東肉西)의 예법을 어겼다고 투덜댑니다.

동생은 조상을 추모하는 념(念)에는 관심이 없습니다.

아버지가 기관지염으로 고생하십니다. 기관지에는 도라지와 더덕이 좋다고 의사가 조언합니다. 형이 도라지를 사다 드리자고 제안합니다. 동생은 약효가 더 좋은 더덕을 사다 드시게 하자고 합니다. 형이 그렇게 하자고 동의합니다. 그런데 곧바로 동생이 생각을 바꾸어, 도라지가 값이 더 싸고 약효는 엇비슷할 것 같으니까, 도라지를 사다 드리자고 합니다. 형이 이왕이면 도라지와 더덕을 모두 구해 드시게 하면 좋겠다고 합니다. 그러면 약효가 너무 세서 오히려 해로울 수 있다고 동생이 반대합니다. 형은 논쟁하기 싫어서 두 가지 다 그만두자고 합니다. 그러다가 아버지가 돌아가시면 어쩌려고 그러냐고 동생이 화를 냅니다. 형은 무얼 어떻게 할지 헷갈립니다.

　동생은 말발이 센 똘똘이입니다.

27
잡념

독자가 작가에게 질문합니다.

"왜 글을 쓰십니까?"

작가가 대답합니다.

"현대생활은 복잡다기해서
우리 머리에 잡념이 끊이질 않습니다.
나는 글을 쓸 때
안개 같던 잡념이 떨쳐집니다.
선승(禪僧)의 화두처럼
글 주제를 잡고 글쓰기에 몰두하면
무아지경의 희열에 빠져듭니다.
글을 오래 많이 쓰다 보면
선승의 경지에 오른 듯합니다.
나는 그래서 글을 씁니다."

28

모난 성격

자신이 왜 그리 각(角)진 마음을 갖게 되었는지 모릅니다. 그 여자는 자신이 왜 그렇게 되었는지 곰곰이 원인을 찾아봅니다. 유전인지 또는 어린 시절에 환경이나 교육이 잘못 되었는지를 생각해보아도 모르겠습니다. 집안 내력도 아니고, 큰 정신적 상처를 받은 적도 없고, 언제 어디서 어떻게 모난 성격이 형성된 것인가를 알 수 없습니다.

사람을 만나 대화를 할 때, 웬만하면 상대방 말에 맞장구를 쳐줄만한데, 그 여자는 번번이 어깃장을 놓고, 그게 아니라고 하거나, 안된다고 하든지, 하지 말라고 하면서, 부정적인 쪽으로 끌고 가기 일쑤입니다. 자신의 성격을 고쳐보려고 무던히 애써 보지만 쉽지가 않습니다.

그 여자는 평소 알고 지내는 수녀님에게 고민을 털어 놓았습니다. 얼굴이 동그랗게 생긴 수녀님입니다. 동그란 보리수 알갱이 24개를 엮은 묵주를 왼 손목에 차고 계십니다.

수녀님이 그 여자의 두 손을 맞잡고 다정히 이야기합니다.

"내 말이 도움이 될 런지 모르겠습니다. 아이들이 공놀이하는 걸 보세요. 탁구공, 축구공, 야구공, 농구공, 모두 둥글잖아요? 우리가 즐겨 먹는 과일을 보세요. 사과, 배, 복숭아, 모두 둥글지요? 하늘의 해와 달, 우리가 사는 지구, 모두 둥글지요? 내 말이 지루하더라도 더 들어보세요. 영롱한 보석, 진주가 둥글지요? 세상의 모든 빛을 받아들이고 자신의 내면을 내비치는 우리의 눈동자도 둥글지 않아요?

마음을 둥글게 가져보세요! 마음을 세모, 네모로 각(角)지게 갖지 말고, 둥글둥글 원만하게 품어보세요. 둥근 것의 의미를 새겨보세요."

수녀님이 말하는 동안, 그 여자에게는 아기 때 빨던 어머니의 젖퉁이가 둥글고 몽실몽실했다는 기억이 떠오릅니다.

그 여자는 왼쪽 팔목 안쪽에 탁구공 크기의 동그라미 문신을 새겼습니다. 마음이 강퍅해질 때마다 손목 안쪽을 들여다봅니다. 어쩌다 팔목 문신을 보게 된 사람이 궁금해 물어보면, 그 여자는 말없이 손들어, 하늘 한번 가리키고, 다음에 땅 한번 가리키고, 마지막으로 자신의 가슴을 가리킵니다.

29

이제 가면 어디로 가지? — 가출하는 사람

가족이 가정을 지옥으로 만든다.
가족이 서로를 악마로 만든다.

좋은 책을 읽어도 읽히지 않는다.
좋은 음악을 들어도 들리지 않는다.

좋은 음식을 먹다가 수저를 놓는다.
좋은 프로를 보다가 TV를 꺼버린다.

일하려 해도 할 수가 없다.
공부하려 해도 할 수가 없다.
쉬려 해도 쉴 수가 없다.
자려 해도 잘 수가 없다.

사는 게 끔찍하다.
가족이 가정을 지옥으로 만들어서다.

집에 있을 수 없으면 어디로 가지?

이제 가면 어디로 가지?

30
시간강사

  그는 명석하고 명민하며 명철한 강사입니다. 누구보다도 뛰어난 강사입니다. 그는 열심히 가르치고, 잘 가르칩니다. 그러나 시간강사입니다. 1년 기간으로 채용되어 다다음 학기를 보장받을 수 없는 불안한 신분입니다. 이리저리 대학을 떠도는 보따리 장수, 시간강사입니다.

  그는 나이가 많은 강사입니다. 늙어서도 시간강사를 하고 있는 그는 세상살이가 서툴다보니 그렇게 된 것인데, 정작 본인은 게을렀던 탓이고 시간을 허비한 죄값이라고 자책하며 살아갑니다.

  그는 수강하는 학생들에게 인기 만점입니다. 그가 강의하는 대학은 경쟁강의 제도를 도입하여 강의의 질을 높이고 있습니다. 같은 과목을 경쟁 강의하는 전공주임교수는 그를 시샘해서 음양으로 괴롭힙니다. 자신은 오전 10시에 시작하는 강의시간표를 짜는 데 반해, 그에게는 월요일 오전 8시 강의를 배정합니다. 강의실도 언덕배기를 한참 걸어 올라가야 하는 구석진 강의동 꼭대기 층에 배정합니다. 자신의 교수연구실로 오라 가라 하면서 말도 안 되는 시비를 걸고 터무니없는 요구를 하기도 합니다. 그는 주임교수가 왜 자기를 강사로 채용했는지 의아해 합니다. 주임교수는 일단 시간강사로 써보고, 자기사람이 될 성싶으면 앞날을 열어줍니다. 그렇지 않으면 장래가 없습니다.

그가 강의하는 두 번째 학기에 그 대학에서 전공분야의 교수채용공고가 났습니다. 그는 혹시나 하는 희망을 가지고 지원했습니다. 그러나 역시나 였습니다. 3차에 걸친 채용심사과정이 있는데, 그는 1차 서류심사에서 일찌감치 탈락했습니다.

그는 탈락한 이유를 잘 알고 있습니다. 교수직은 고사하고, 다음 학기에 시간강사 자리에서도 잘릴 것입니다. 그가 사는 방법을 다시금 고민합니다. 잘하지도 말고 못하지도 않으면서 어중간하게 살았어야 한다고 반성합니다. 전공주임교수에게 붙어, 부지런히 비위 맞추고 극진히 대접했어야 했는데, 그러지 못한 것을 후회합니다. 강의를 열심히 잘한 것이 손해로 돌아오는 세상을 한탄하기도 합니다. 아무튼 착잡합니다.

학기말 종강하는 날입니다. 수강생들의 박수소리를 들으며 강의를 끝낸 후, 강의실을 나서는 그에게 한 학생이 수줍어하면서 작은 봉투를 건넵니다. 집에 와서 봉투를 열어보니, 단정한 필체로 적은 짤막한 손편지가 나옵니다.

"선생님의 명강의를 들으면서 행복했습니다. 우리나라에서 선생님 강의보다 더 열정적이고, 더 잘하는 강의는 들을 수 없을 것입니다. 저는 선생님을 본받기 위해 노력하고 있습니다. 선생님은 제 마음속의 영원한 스승이십니다. 선생님을 존경하고 사랑하는 제자 올림."

편지를 읽고 나서, 그는 생각을 고쳐먹습니다. '내가 현실과 타협하면 학생들 마음속에 간직된 스승의 표상을 상실할 것이다. 내가 이상을 지키면 학생들 마음속 스승의 자리를 지킬 것이다. 나는 학생들 마음속에서 살아야 한다.'

그 시간강사는 이상을 지키기로 했습니다.
세상은 언제 어떻게 될지 알 수 없습니다.

31

표절

어떤 작가가 고발당했습니다. 그가 쓴 작품 중에 다른 작가가 쓴 글이 약간만 변형된 채로 옮겨진 부분이 있다는 것입니다. 표절 작가라는 비난이 쏟아졌습니다. 표절했다는 문장이 구체적으로 제시되었으며, 작가의 유명세만큼이나 비난의 강도도 드셌기 때문에, 그는 작가로서의 생명이 무참히 끊어질 지경이었습니다.

그는 억울해합니다. 그는 작가로서 결코 표절하는 사람이 아니기 때문입니다. 정확히 말하자면, 그는 '의식적' 표절을 하지 않습니다. 남의 글을 베끼는 표절은 글 도둑이므로, 표절하는 작가는 도둑질하는 도둑놈입니다. 그는 도둑놈이 되고 싶지 않을 뿐더러, 표절해서 얻은 작가의 명성은 모래성에 불과하다는 것을 잘 알고 있습니다.

그는 의식적 표절을 하지는 않지만, 혹시나 자신도 모르게 하는 '무의식적' 표절을 하지 않았는가 하는 두려움을 안고 삽니다. 그는 무의식적 표절을 피하려고 남의 글을 읽지 않습니다. 특히 다른 작가의 잘된 글을 읽지 않으려고 합니다. 읽었던 남의 글이 기억의 희미한 잔상으로 남아

무의식적으로 자신의 글에 재현될지도 모르기 때문입니다. 그래서 유명 작가의 명작일수록 더 더욱 읽지 않습니다.

스포츠계의 꿈나무들은 세계적 대스타인 프로선수를 흉내 내려고 혼신을 다해 훈련합니다. 그러나 문학은 다릅니다. 작가는 어느 누구를 흉내 내서는 안 된다는 것이 그의 작가정신입니다.

그는 셰익스피어, 톨스토이, 괴테, 헤밍웨이를 읽지 않습니다. 그는 이태백이도 두보도 모릅니다. 하물며 금년에 누가 노벨문학상을 받았는가를 어떻게 알겠습니까? 그래서 그는 무식하다는 소리를 듣습니다.

32
유전공학

면 미래 이야기입니다.

유전공학이 눈부시게 발전하여 맞춤아기출산 시대가 도래했다. 유전자 조작기술로 부모는 자신이 원하는 이상형에 맞추어 아기를 출산할 수 있게 되었다. 부모가 자식에게 바라는 욕심은 끝이 없어서, 유전공학자에게 이것저것 조목조목 맞춤 출산을 요구하다보면, 완벽에 가까운 아이를 낳게 되는 꿈같은 시대가 열린 것이다.

아빠는 알레르기 체질로 비염, 천식을 비롯한 여러 가지 증세로 고생한다. 유전이다.

"태어날 아기한테서 과민성 알레르기 유전인자를 제거해주세요!"

엄마는 색맹 유전인자를 보유하고 있다.

"우리 아기한테서 적색과 녹색을 구별 못하는 유전인자를 교정해주세요!"

아이를 가질 남녀가 머리를 맞대고 의논한 대로, 태어날 아이의 유전인자를 맞춤 주문한다.

"외모가 잘 생겨야 합니다. 건강하고 장수해야 합니다. 머리가 비상해야 합니다. 성격이 좋아야 합니다. 능력이 뛰어나야 합니다."

유전공학자들이 부모 될 사람의 온갖 주문에 맞추다보니 최종적으로 완전무결한 아이가 태어나게 된 것이다. 이런 자식을 낳아 키우게 된 부모의 기쁨은 하늘의 별이라도 딴 듯이 차고 넘친다.

그런데 유전공학자들이 예상치 못했던 심각한 문제들이 발생했다. 맞춤아기로 태어난 아이들이 아버지를 "아빠"라고 부르지 않고, 어머니를 "엄마"라고 부르지 않는 것이다. 초신생인류(超新生人類)라고 명명된 이 아이들은 마음속으로도 낳아준 부모를 엄마 아빠로 여기지 않았다.

이유는 단순명료했다. 부모 자식 간에 어느 한 구석도 닮은 데가 없기 때문이었다.

부모에게도 어처구니없는 문제가 발생했다. 모든 부모가 원하는 완벽한 아이는 판박이였기 때문에 모두들 똑 같은 아이를 낳았고, 수많은 아이들 중에서 자기 자식을 식별해낼 수 없다는 황당한 일이 벌어졌다. 1년에 외모도, 능력도, 성격도 동일한 아이들이 수십만 명씩 태어났다. 부모는 아이 이마 안에 심어둔 초미니 칩을 센서로 확인해보아야만 제 새끼임을 알아볼 수 있었다. 부모는 자식을 낳은 것이 아니라, 복제인간을 생산했다는 사실을 깨달았다.

　유전공학자들은 맞춤아기출산의 풍부한 사례축적을 통하여 다양성이
생태계에 균형과 진보를 가져오고, 획일성은 생태계에 정체와 퇴보를 불
러온다는 사실을 깨닫게 되었다.

33

인덕(仁德)

인(仁)은 어짐이니, 사랑의 실천입니다.
덕(德)은 너름이니, 인간의 도리입니다.

인과 덕을 닦고,
베푸는 분이 있습니다.

새벽에 마음을 가다듬고, 자세를 바로 합니다.
세모에 한 해를 반성하고, 새해를 다짐합니다.

자신의 언행을 거듭 삼가고, 남의 처지를 두루 헤아립니다.
주기에 앞서고, 받기에 물러섭니다.

세파에 흔들릴 때가 있을 법도 한데,
한결같이 인과 덕의 길을 갑니다.
외면은 평온해도, 내면은 목숨 바쳐 갑니다.

우러러 따를 님이 있기에

아직 살만합니다.

34
시각장애인

발을 내딛는 것이 두렵습니다.
구덩이에 떨어질지 모르니까요.

손을 내미는 것이 무섭습니다.
불덩이나 독충이 기다릴지 모르니까요.

아이를 낳아 키우는 것이 죄스럽습니다.
아이가 아파도 어디가 어떻게 아픈지 모르니까요.

세상살이가 너무도 힘들어집니다.
4차 산업혁명을 따라갈 수 없으니까요.

시각을 잃어도 희망과 위로는 있습니다.
촉각과 청각, 후각이 눈뜨니까요.

무엇보다 영혼의 명암을 볼 수 있으니까요.

35
단역 배우

그는 일당을 받고 일하는 단역 배우다. 대사 한 마디 없이 영화에서 모습만 비치는 다른 단역 배우들과는 달리, 그에게는 그래도 한두 마디 대사가 주어진다. 읊는 대사가 있어서 그는 다른 단역보다 일당 외에 1만원을 더 받는다. 그는 그 점을 큰 긍지로 알고 일한다.

그가 처음 맡은 단역은 젊고 매혹적인 무희가 춤을 추면서 여러 남자들로부터 구애를 받는 장면에서 벌어진다. 무희는 자신을 둘러싼 남자들을 돌아가면서 잠시 안기기도 하고, 살짝 입맞춤을 선사하기도 한다. 무희에게 입술을 내미는 그에게는 그래도 읊을 대사가 있었다.

"내 입술에 키스해 주오! 이제 일순간이라도 사랑의 기쁨을 맛볼 수 있도록!"

다음날 그는 사랑에 빠진 듯했다.

다음으로 그가 맡은 배역은 5인조 은행 강도 중 하나였다. 성공리에 은행털이를 하고 나서, 그가 70억 원을 분배받는 자리에서 외치는 대사였다.

"이제야 원 없이 돈을 써보겠군!"

다음날 그는 부자가 된 듯했다.

이번에는 전투에서 혁혁한 전공을 세운 군인 역할이었다. 총사령관이 용감했던 군인 열 명을 세워놓고 각자에게 훈장을 수여하는 장면이었다. 그는 훈장을 받으면서 사령관에게 한 마디 한다.

"각하, 제가 세운 공을 알아주셔서 가슴이 벅찹니다."

다음날 그는 장군이 된 듯했다.

연기가 괜찮았던지 그에게 계속 단역이 주어진다. 구호단체의 일원으로 빈민 아동들에게 구호 물품을 나누어주는 장면이었다. 고사리 손에 선물 보따리를 쥐어주는 그에게는 근사한 대사가 있었다.

"하늘에는 영광, 땅에는 평화!"

다음날 그는 성인이 된 듯했다.

고대하던 액션 영화에서도 단역을 맡게 되었다. 범죄조직 간에 칼과 몽둥이를 휘두르며 혈투가 벌어지는 장면이었다. 다행히 그는 얻어맞고 쓰러지는 역할이 아니라, 몇몇을 때려눕히고 나서 큰소리치는 대사를 맡았다.

"누구든지 내게 덤빌 놈이 있으면, 나와 보라구!"

다음날 그는 이소룡이 된 듯했다.

그에게 궂은 단역도 주어졌다. 전염병이 창궐하여 사람들이 죽어나가는 장면이었다. 그 역시 감염된 환자들 중 한명으로서 죽음을 원통해하는 대사를 내뱉고는 숨이 끊어진다.
"하늘도 무심하시지, 내가 이렇게 죽다니!"

다음날 그 단역 배우는 갑자기 비브리오균에 감염되어 사망하고 말았다.

36

조선족

　나는 중국 길림성에서 살다가 돈 벌러 한국에 온 조선족입니다. 경기도 안산시에서 노래방 도우미로 일하고 있습니다. 대도시로 나가서 더 나은 보수를 받고 일할 수 있지만, 이곳 안산은 조선족이 많이 살기에 이점이 큽니다. 반쯤은 중국인인 우리 조선족들이 손쉽게 중국 상품을 구입할 수 있고, 동향 친구들 그리고 지인들과 이웃하며 향수를 달랠 수 있습니다. 안산 조선족 마을에서는 한국말과 중국말이 요란스레 뒤섞입니다.

　밤이 되어 노래방으로 일하러 나왔습니다. 대기실에 앉아 사람 좋고 돈 많은 손님이 오기를 바라고 있습니다. 내 차례가 되어 3호실에 들어가니, 중년 남자 세 사람이 벌써 노래를 열창하고 있었습니다. 나는 얼른 사람 좋고 돈 많아 보이는 손님 옆에 붙었습니다.

　열곡을 넘게 노래 부르고 나서 열기가 좀 식은 손님이 내게 말을 걸어왔습니다. 한국사람들은 내 한국말 억양을 듣고는 당장 중국서 온 조선족임을 알아챕니다. 손님이 내 신상을 꼬치꼬치 캐묻습니다. 이때가 참

싫은 시간입니다. 걱정도 합니다. 2차를 나가자고 치근덕거릴 수도 있고, 나를 감언이설로 꼬드겨 조금 모아놓은 돈을 등쳐먹을 수도 있기 때문입니다.

조심스레 손님에게 응대하면서 그럭저럭 세 시간을 넘겼습니다. 팁을 포함한 요금을 다 지불하고 노래방을 나서는 길에 옆자리 손님이 몰래 내 손에 10만원을 쥐어 주었습니다. 자기 외할머니가 해방 전에 길림성에서 살다가 해방 후에 귀국하신 분이라고 조용히 알려주고 갔습니다. 길림성과 안산시라는 먼 거리를 사이에 두고, 또 70년 넘는 긴 세월을 사이에 두고, 동포의 정은 가외 돈 10만원으로 흘러왔습니다. 오늘은 운이 좋은 날입니다.

일 끝나고 자취방에 돌아와서 새삼스레 의외의 덤으로 받은 5만원권 두 장을 불빛에 비쳐보았습니다. 지폐에 찍힌 신사임당 얼굴을 보고 또 보았습니다. 율곡선생을 낳아 키운 장한 어머니라지요.

한국에 번영을 가져온 원동력은 높은 교육열이라고 들었습니다, 나는 결혼하면 아들 낳고 자식교육에 열을 올려 율곡처럼 훌륭한 인물로 키우고 싶습니다. 나도 사임당처럼 장한 어머니가 되고 싶습니다. 사임당 초상이 든 5만원권 1천장이 모이면, 고향으로 돌아가 결혼하고 자식을 키울 겁니다. 지금 300장 가량 모았습니다.

　오늘 밤 옆자리에 앉았던 손님이 생각났습니다. 그 사람도 율곡 같은 아들을 기르고 싶어 하겠지요. 차라리 나는 딸을 낳아 신사임당 같이 훌륭한 여자로 길러, 먼 훗날 그 손님이 키운 율곡의 아들과 혼사를 맺는 것은 어떨까요?

37

늙은 부부와 젊은 부부

서예를 배우고 함께 작품 전시도 하는 친목회에서 서로 알고 지내게 된 늙은 부부와 젊은 부부가 있습니다. 늙은이는 젊은이를 가까이 하려 합니다. 싱그러운 활기를 조금이나마 나누어 받으려 하는 것인지도 모릅니다.

늙은 부부가 맛집으로 젊은 부부를 초대했습니다. 노부부는 저녁 먹는 내내 집안 자랑, 자식 자랑, 한창 때 세상을 주름잡던 자랑을 늘어놓았습니다. 뒤이은 두 번째와 세 번째의 식사 자리에서도 노부부는 똑같은 자랑을 되풀이 했습니다. 자꾸 듣는 자랑 이야기가 지겹기도 하고, 세 차례나 먹는 맛집의 같은 음식에 물리기도 해서, 젊은 부부는 늙은 부부 만나기를 꺼렸습니다. 핑계를 대고 식사모임을 피했습니다.

서예시간에 한동안 할아버지가 보이지 않았습니다. 궁금해 하는 젊은 부부에게 할머니가 소식을 전합니다. 할아버지는 낙상으로 엉덩뼈를 심하게 다쳐 집에서 누워 지낸답니다.

얼마 후 친목회에서 할머니를 볼 수가 없었습니다. 젊은 부부는 서예 선생에게 어찌된 건지 알아보았습니다. 할머니는 치매가 와서 바깥출입을 삼가고 있답니다.

만날 수 있을 때는 몰랐는데 이제 만날 수 없게 되니, 젊은 부부는 할아버지와 할머니가 새삼 그리워졌습니다. 든 자리 보다 난 자리가 더 눈에 밟힌다는 옛말이 맞았습니다.

만날 수만 있다면 지겹게 되풀이 되는 늙은 부부의 자랑 이야기도 재밌게 들어주렵니다. 싫증난 맛집 음식도 할아버지, 할머니와 함께라면 맛있게 먹을 수 있습니다. 다시 만나 식탁 앞에서 네 사람이 머리를 맞대고 싶습니다.

늙음과 젊음이 섞이는 만남을 통해 젊은 부부는 자신들도 머지않아 늙은 부부가 된다는 걸 알았습니다. 그리고 자신들도 젊은 부부를 만나고 싶어 하며, 만나면 지겹도록 자랑을 늘어놓게 될 거라는 걸 알았습니다.

38
동물학자

　강교수는 저명한 동물학자이다. 전공분야에서 발군의 연구업적을 쌓았을 뿐만 아니라 동물학의 대중적 보급에도 힘썼다. TV 방송에 출연한다든가 신문 칼럼을 통해서 동물과 인간의 공통점과 차이점, 동물의 심리, 동물을 키우는 법, 동물을 다루는 요령, 동물을 사랑하는 정서 생활, 동물의 재미있는 행태 등을 주제로 해서 일반 국민에게 동물학을 널리 소개했다. 그는 국민들에게 친숙한 학자였다.

　학자들이 대체로 그러하듯이 강교수도 재물과는 거리가 멀었다. 그는 변변찮은 아파트에 거처했다. 아파트는 동물을 키우기에 마땅찮았다. 그래서 그는 조금이라도 땅이 붙어 있는 단독주택에 살고 싶어 했다. 비록 미물일지라도 키우면서 겪고, 아끼며 보듬을 수 있는 일상생활 공간을 원했다. 학교에 딸린 동물농장과 실습장에서 동물을 상대하는 것만으로는 성에 차지 않았다.

　그런 그가 돈을 모아 꿈에 그리던 단독주택을 샀다. 가족 모두가 감격스러워했다. 70평이 될까 말까한 대지에 지은 25평짜리 양옥집이다. 마당은 고작 40평 남짓하다. 이 비좁은 땅에 동물학자 강교수가 초미니 동물원을 세웠다. 개, 고양이, 닭이 마당을 차지했다. 처마 밑에는 새장과 초롱을 걸어 십자매, 앵무새, 다람쥐를 길렀다. 집안에 설치한 칸막이 우리에서는 자라와 한 뼘 크기의 도마뱀을 키웠다. 땅 밑에는 땅강아지, 말똥구리, 지렁이가 자랐다. 파초 더미에는 청개구리와 달팽이가 살았다. 담장 밑에 자그만 연못을 파서 금붕어와 물방개를 넣었다. 한 평가량의 면적에 세 자 깊이로 물을 채운 초미니 연못이다.

강교수는 동물학자답게 동물에 대한 믿음이 있었다. 그의 믿음은 모든 유기적 생명체는 기계와 달리 손상을 입었을 때 자기 치유력과 자기 회복력이 있다는 능력을 기초로 했다. 고등 유기체인 동물은 심각한 위험에 처했을 때 본능적으로 위기감지능력과 자기방어능력이 작동해서 생존할 수 있다고 확신하고 있었다. 인간도 스스로의 힘으로 장애를 헤쳐 나가고 극복할 본능적 능력이 있기 때문에, 그리고 스스로 자기 발전을 꾀할 수 있는 유전자가 있기 때문에, 자식을 억지로 가르치지 않고 그냥 내버려두어도 잘 자랄 수 있다고 믿었다. 강교수는 자식 교육에 있어서 자유방임주의로 대처했다. 그 자신이 그렇게 성장해서 자수성가한 인물이었다. 동물학자이지만 심지어 시장경제에서도 자유방임주의를 신봉했다. 시장에 보이지 않는 손이 있어서 국민경제를 알아서 챙긴다고 믿었다.

몹시 무더운 여름철 낮이다. 거실 마루방에 강교수네 다섯 식구가 모여 앉아 수박을 먹고 있다. 너무 더운 탓에 강교수는 모시 적삼 홑옷에 팬티 같이 얇고 짧은 하의 한 장을 걸치고 있다. 마당에는 네 달된 강아지가 어릿어릿 돌아다니고 있다. 아장거리던 강아지는 연못을 향해 간다. 점점 연못 가까이 다가간다. 보고 있던 귀염둥이 강아지가 연못에 너무 가까이 다가가자 식구들 모두가 긴장한다. 대학생인 큰 아들이 걱정이 되어 아버지 강교수에게 묻는다.

"아버지! 제가 내려가서 강아지를 데려올까요? 연못에 빠질까 위험해 보여요."

"괜찮다. 내버려둬라! 동물은 스스로 위험을 알아채고 헤쳐 나가는 능력이 있다. 어린 강아지라도 그쯤은 알아서 한다."

"그래도 어째 좀 불안한데요."

"걱정 말라니까! 녀석이 다 알아서 할 꺼다."

강아지는 점점 더 연못가로 접근한다. 식구들 모두 긴장도가 높아진다. 수박 먹던 손과 입이 멈춘다. 아들이 한 번 더 묻는다.

"아버지, 안 될 것 같아요. 아슬아슬한데요."

"넌 왜 내 말을 믿지 못하는 거니? 저 녀석이 결정적 순간에는 돌아선다니까!"

아버지로서의 권위에 도전한다기보다 동물학자로서의 지존(至尊)의 권위에 도전하는 불경을 저질러서는 안 된다. 지존의 말씀이 과연 맞을런지 모든 식구가 숨죽이며 강아지의 진로에 시선을 집중하고 있다. 강교수도 자신의 신념이 시험에 들지 않았는가 해서 학자적 긴장을 한다. 열 개의 눈이 강아지 앞발에 모아진다.

찰나에 앞발이 허공으로 일보 나아가더니, 기울어진 상체는 녀석을 연못으로 끌어내린다. '퐁당' 소리가 나며, 물방울이 위로 튀어 오른다. 익사 사고가 발생할 절체절명의 순간이다. 강교수는 맨발로 마루방에서 15미터의 거리를 비호처럼 날아가 연못 속으로 뛰어든다. 젊은 아들에게 시키고 말고 할 짬이 없다. 강교수가 일생동안 그렇게 날쌘 동작을 취해본 적이 없을 것이다.

강교수는 머리털과 얼굴에 흠뻑 물을 뒤집어쓰고, 젖은 홑옷은 몸에 착 달라붙은 채, 두 팔로 강아지를 부둥켜안고서, 가족을 향해, 혼이 나간 표정으로 연못 속에 서 있다. 동물학의 지존이 학문적 소신을 끝까지 관철한 모습을 가족들이 보고 있다.

39
작은 친절

한 TV 방송국에서 'The Worst 10'이라는 시리즈 프로그램을 기획했다. 사업이 폭삭 망한 최악의 실패사례 10건을 제작해서 방영하는 프로그램이었다. 전국적으로 시청률이 뜨거웠다.

황대관(黃大寬) 씨는 폭망한 사업실패 주인공 중 한 사람으로 선발되어 TV 전파를 탔다.

그는 원래 인쇄공이었다. 인쇄소를 차려 월급쟁이 노동자 신세를 면하는가 싶었는데, 인쇄업이 사양 산업이 되는 시대조류를 이기지 못하고 사업자금을 몽땅 날리는 실패를 겪었다.

두 번째 사업으로 그는 인쇄된 서적을 파는 책방을 열었다. 가진 자금이 없어 은행 대출을 받아 시작했다. 그런데 서점도 사양길에 접어들어 또다시 사업이 폭망했다. 그는 시대조류를 잘못 읽은 자신을 탓했다. "내가 망하려고 작정을 했지. 내가 미쳐도 단단히 미쳤어!"하며, 한 달간 술만 퍼마셨다. 그는 신용불량자가 되고 몸이 상했다. 살던 집을 은행에 넘

거야 했다.

  그는 세 번째로 요식업에 손을 댔다. 사업자금은 사채시장에서 조달
했다. 경쟁이 치열해서 그랬는지, 요리에 대한 노하우가 빈약해서 그랬
는지, 버티고 버티던 식당이 문을 닫게 되었다. 정말 몸뚱아리 하나만 남
은 헐벗은 중년이 되자, 그를 대하는 세상이 변하고 혈육도 변했다. 가정
이 해체되었다. 이제 그가 자유의지로 선택할 수 있는 유일한 길은 죽음
뿐이었다.

  죽기 일보 직전의 황대관 씨는 국민 앞에 자신의 구구절절한 사연을
쏟아내기라도 한다면, 속이 조금이나마 풀려 죽은 귀신이 될 것 같았다.
그런 그가 TV 기획물 후보로 지원했다가, 최악의 실패자 중 한 사람으로
뽑히게 된 것이었다.

  그의 스토리가 TV에 방영된 다음날로부터 그의 삶에 기적이 일어
난다.

  다음날 밤이다. 그가 사는 쪽방에 웬 여자가 찾아왔다. 그 앞에 3천만
원이 든 예금통장과 도장을 내민다.
  "아마 저를 기억하지 못 하실 거예요. 폐렴 기운이 있는 제 아이를 걱

정하면서도 유치원에 보낸 날이었습니다. 그날 오후에 갑자기 비가 오고 찬바람이 불어, 급히 아이를 데리러 가야 했습니다. 그런데 교통 정체가 너무 심해, 차안에서 발만 동동 구르고 있었지요. 유치원이 파하고 길가에서 오돌 오돌 떨며 엄마를 기다리는 아이가 딱해 보여서 황선생님이 제 아이를 분식집에 데리고 가, 따뜻한 우동 국물을 사 먹이고, 제가 올때까지 보살펴 주었답니다. 저는 그 친절을 잊을 수가 없었습니다. 이번에는 제가 친절을 베풀 차례라고 생각해서 이렇게 찾아왔습니다."

다음 다음날 아침이다. 웬 남자가 그를 찾아왔다. 그 앞에 5천만 원이든 통장을 내민다.

"아마 저를 기억하지 못 하실 겁니다. 고속도로 휴게소에서 일어난 일입니다. 화장실 대변 칸이 비기를 기다리는 사람들이 긴 줄을 서고 있었습니다. 저는 갑자기 밀려온 설사 기운으로 줄 앞에 가서 발만 동동 구르고 있었습니다. 금세라도 입고 있던 바지에 쌀 지경이었습니다. 그 때 맨앞줄에 서서 차례가 온 황선생님이 저를 불러, 먼저 볼일을 보게끔 양보하셨지요. 그 당시 제 심정을 짐작하기 어려우실 겁니다. 황선생님이 베푸신 그 친절이 진한 기억으로 남아, 저를 여기에 오도록 했습니다."

셋째 날, 잘 차려입은 신사가 개 한 마리를 데리고 그를 찾아왔다. 개는 황대관 씨를 만나자마자 달려들어 그의 얼굴을 마구 핥는다. 개 주인이 1

억 원이 든 통장을 내민다.

"아마 저를 기억하지 못 하실 겁니다. 제가 기르던 이 개를 잃어버리고 온 식구가 울며불며 찾아다닌 일이 있었습니다. 그런데 닷새가 지나 황 선생님이 이 개를 데리고 제 집에 오셨지요. 그 때 우리 가족 모두의 기쁨을 짐작하기 어려우실 겁니다. 제가 개를 찾는다며 뿌린 전단지를 보고, 황선생님이 길 잃은 제 아이를 찾아주셨습니다. 이 아이를 볼 때마다 그 친절을 잊을 수가 없었습니다."

죽을 만큼 절망했던 그를 다시 일으켜 세운 기적의 씨앗은
그가 옛날에 뿌린 작은 친절이었다.

그가 거둔 기적의 열매는
돈이 아니라 희망이었다.

40
범죄자의 독백

마음이 아픕니다. 내가 어쩌다가 이 지경이 되었는지요?

엉겁결에 저지른 잘못, 욱하는 격정에 내맡긴 잘못, 이미 엎지른 물처럼 돌이킬 수 없는 잘못이 나를 옥죄고 있습니다.

왜, 그 녀석이 죽었는지 모르겠습니다. 몇 대 주먹으로 때린다고 죽기까지야 하지 않건만, 그 녀석은 지병이 있는지, 쇼크가 왔는지, 그만 죽어버렸습니다. 나는 폭행치사죄로 삼년 옥살이를 하고 나서, 나이 스물일곱이 되어, 밝은 세상에 다시 섰습니다.

출소한 후에 바깥세상과 바깥인간들을 마주했습니다. 나를 아는 사람들은 싸늘하게 변해 있었습니다. 고생 많았겠다며 동정하는 얼굴로 맞아주지만, 눈과 귀로 받는 그들의 겉 인사와 온몸으로 감득하는 그들의 속마음은 천양지판입니다. 차라리 나는 모르는 사람들 사이에서 그냥 섞여삽니다.

죽어버린 그 녀석이 원망스럽습니다. 내 주먹도 원망스럽습니다. 그래도 죽은 녀석과 녀석의 부모님에게 죄송합니다. 평탄하게 살아갈 사람들을 낭떠러지로 내몰았으니까요. 이제 와서 잘못을 빌어봤자 무슨 소용이 있겠습니까. 녀석과 그 부모의 얼굴을 아예 잊어버리고 싶습니다.

먹고 살려고 일자리를 찾았습니다. 막노동 일터는 내가 누군지를 묻지 않고 받아주는 편입니다. 그러나 좀 번듯한 일자리는 어떤 사람인지를 캐묻고 나서야 나를 씁니다. 전과가 있다고 하면, 죄명에 관심이 많습니다. 업주가 나를 쓰더라도 행여나 돈을 챙기지나 않을까, 행여나 성질을 부리며 사람을 두들겨 패지나 않을까 하는 의심의 눈초리를 거두지 않습니다. 나를 믿지 않으니까, 내 일자리는 오래 가지 않습니다. 나는 뜨내기 인생을 살아갑니다.

어머님! 저는 누구보다도 어머님 앞에 죄인입니다.
어머님, 저 때문에 잠 못 이루는 밤이 많으셨지요? 어머님, 저 때문에 얼마나 많은 사람들에게 빌고 다니셨어요? 제가 아직 철이 덜 들어서 어머님 아픔이 더 큰지, 제 아픔이 더 큰지를 짐작하지 못하겠습니다. 적어도 저만큼은 마음 아파하는 분이 계시다는 건 알고 있습니다. 어머님, 저는 제가 저지른 범행으로 잠을 못 잔 날보다도 어머님께 끼친 불효의 죄로 잠 못 이룬 날이 더 많습니다. 아버님께도, 제 형제들에게도 인간의 도리를 어그러뜨린 죄를 참회한다고 전해 주세요.

세상 사람들에게 호소하고 싶습니다.

나를 다시 불러주세요. 앞으로 잘할 게요. 나를 따뜻하게 맞아주세요. 내 이름을 불러주세요. 열심히 살아갈 거예요. 일 잘하고 부지런하고 심덕 좋은 젊은이라는 소리를 들을 거예요. 나를 믿어주세요. 내가 이대로 꺾이지 않게, 나를 받아주세요.

여러분들의 자식, 형제, 친구들도 한순간 잘못으로 나처럼 될 수 있어요. 우리가 서로 용서하고 품지 않으면, 누구나 나락에 떨어질 수 있어요. 나 같은 사람이 얼마나 많은지 아세요? 앞으로도 많이 나올 거예요. 나는 나 같은 사람들을 용서하고 품안에 안아줄 거예요.

내가 지나친 부탁을 하는 건가요?

내가 범죄자가 되기 전후로 달라진 것은 내가 눈물 흘릴 줄 아는 사람이 되었다는 거예요. 나를 위해 울어주세요. 나도 여러분을 위해 울어줄게요. 내가 범죄자가 되기 전후로 달라진 게 또 하나 있어요. 내가 땀 흘릴 줄 아는 사람이 되었다는 거예요. 나는 내 자신을 위해, 어머님을 위해, 내가 앞으로 일굴 가정을 위해, 그리고 여러분을 위해 구슬땀을 흘리며 살아갈 거예요.

나는 여러분들 중에 한사람이에요!

CENTAKNON
• 제 4 권

제
2
장

1
눈물 닦아주는 귀신

귀신 나오는 이야기책을 즐겨 읽는 사람이 있었습니다. 국립중앙도서관에 있는 귀신 이야기책들을 거의 다 읽었을 무렵, 그 사람 눈에 귀신이 보이기 시작했습니다. 죽은 혼령을 볼 수 있는 능력이 생긴 것입니다. 그 사람은 스스로를 '신통안'(神通眼)이라고 불렀습니다. 신통안이 해준 이야기를 들려주겠습니다.

사람들은 죽은 사람의 혼령이 천당에 가거나 지옥에 간다고 믿습니다. 그러나 죽은 혼령은 귀신이 되어 우리가 사는 세상을 함께 살아가고 있습니다. 귀신은 물질성이 없고 정신성(精神性)만 있기 때문에 보통사람에게는 보이지 않습니다. 산 사람 모습을 하고 산 사람처럼 활동하는 귀신들은 흡사 홀로그램처럼 자신의 존재를 드러내고 있습니다. 특별한 능력을 지닌 신통안이 이 귀신들을 볼 따름입니다.

신통안이 본 귀신 세계를 조금 알려드리겠습니다. 귀신은 인간세상을 둥둥 떠다니면서 마음에 맺혔던 짓을 하고 다닙니다. 귀신은 벌거벗고 있지 않습니다. 옷을 입고 있다기보다는 무슨 껍데기 같은 것을 두르고 있습니다. 창백한 얼굴에 남루한 껍데기를 두르고 있는 귀신이 있는가 하면, 반질반질한 얼굴에 번드르르한 껍데기를 둘러친 귀신도 있습니다. 후자는 이른바 때깔 좋은 귀신입니다. 귀신도 연령층이 있습니다. 어린이 귀신, 어른 귀신, 늙은이 귀신이 있는데, 죽을 때 나이에 따라 정해집니다.

　귀신 세계를 분석해서 귀신의 유형을 나누어 보겠습니다. 귀신에는 혼자 돌아다니는 외톨이형과 떼를 지어 몰려다니는 패거리형이 있습니다. 그리고 억울하게 죽은 원통형(冤痛型), 슬프게 죽은 애절형(哀切型), 분노로 살다 죽은 분개형(憤慨型), 즐겁게 살다 죽은 행복형(幸福型) 등의 귀신 유형이 있습니다. 원통형 귀신들은 끊임없이 중얼거리며 다닙니다. 애절형 귀신들은 한없이 눈물 흘리며 다닙니다. 분개형 귀신들은 끝없이 소리 지르며 다닙니다. 행복형 귀신들은 조용히 미소 짓고 다니는데, 만나보기가 어렵습니다.

　신통안은 귀신 구경하는 여행을 다닙니다. 전국을 유람하듯 다니다가 외국으로 무대를 넓혀 귀신 여행을 떠나기로 했습니다. 동양 귀신, 서양 귀신, 중동 귀신을 보고자 합니다. 맨 먼저 귀신이 바글바글 모여 있을 일본 도호쿠(東北) 지방으로 출발했습니다. 2011년에 발생한 대지진과 쓰나미로 2만에 가까운 귀신이 탄생한 지역입니다.

그는 미야기현(宮城縣)에 있는 어떤 초등학교에 가보았습니다. 운동장에 수백의 어린이 귀신들이 모여 각자 누군가를 열심히 찾고 있습니다. 조그만 동산에 올라가 보니 수백의 어른 귀신들이 어딘가를 향해 열심히 손을 흔들고 있습니다. 한 마을에 들어서니 수백의 노인 귀신들이 무언가를 열심히 끄집어내고 있습니다.

그런데 이 귀신들은 모두가 하나같이 울고 있습니다. 눈물 크기가 커서 콩알만 하고, 눈물 떨어지는 속도도 빨라서 주룩주룩 비 오듯 합니다. 어린이 귀신은 엄마를 찾아 엉엉 울고, 어른 귀신과 노인 귀신은 자식과 짝을 찾아 펑펑 울고 있습니다. 이 지방은 온통 눈물을 흘리며 한없이 울고 있는 귀신뿐입니다. 이 귀신들이 눈물바다를 이루고 있습니다.

그런데 특이한 귀신 하나가 신통안의 눈에 들어왔습니다. 이 귀신은 울고 있는 귀신들을 일일이 찾아다니며 눈물을 닦아주고 있었습니다. 눈물 닦아주는 수건이 축축해지면 꽉 짠 후에 또 다시 닦아주고, 손바닥으로도 닦아줍니다. 그 많은 귀신들 모두가 끊임없이 울고 있으니까, 해도 해도 끝나지 않는 눈물 닦는 일만을 하고 있습니다. 자신도 끝없이 울어가면서 끝없이 울고 있는 귀신들을 끝도 없이 닦아주고 있습니다.

신통안은 눈물 닦아주는 귀신이 생전에 무슨 일을 하고 살았는지 궁금해졌습니다. 귀신들은 하루에 한번쯤은 자신의 유골함을 둘러봅니다. 유골함 위패에는 망자의 이름이 적혀있습니다. 그러니 신통안은 눈물 닦아주는 귀신의 생전 직업을 쉽사리 알아낼 수 있습니다. 처음에는 그 직업이 성직자나 사회복지사가 아닐까 짐작했었습니다.

의외로 눈물 닦아주는 귀신은 생전에 화장장에서 화장로에 불을 때고 유골을 수습하는 일을 했던 잡역부였습니다. 그가 화장한 시신은 애절하거나 원통하거나 상심해서 죽은 이가 대부분이었습니다. 그는 일과가 끝나면 집에 돌아와 죽은 이들의 사연에 비통해하면서 매일 밤 울었습니다. 비번(非番)인 날을 제외하고 매일 수십 구의 유골을 수습하는 작업을 40년 동안 해오면서 매일 밤 눈물 흘리며 살았습니다.

화장터 늙은 잡역부는 쓰나미로 목숨을 잃은 후, 같은 시각, 같은 지방에서 같은 재앙을 당해 함께 죽은 귀신들의 눈물을 닦아주는 원귀(冤鬼)가 되었답니다.

2
또순이

또순이요, 억척이요, 짠순이인 할머니 열 분은 똘똘 뭉친 친구 사이다. 계모임으로 만나 신의를 다지고, 아나바다 정신을 성실히 실천하면서 우애를 쌓아온 구두쇠 동지들이다. 근검절약을 넘어 인색하다는 평을 듣는 이 할머니들은 빈한한 집안을 일구었으며, 넓게 보면 부강한 국가를 만드는 데 일조했다.

구두쇠들이 맛난 음식을 먹고 멋진 옷을 입고 이기(利器)의 편리함을 누리고 신기한 세상을 구경하러 다니는 낙(樂)을 제쳐두고서, 고생과 불편과 손가락질을 감수해가며, 지독하리만큼 절약하는 것은 어찌 보면 자해(自害) 행동에 가깝다. 그러나 본인이 원해서 그러는 것을 어쩌랴. 그들은 돈을 아낄 수 있는 한, 끝까지 쥐어짜야만 안심이 되고, 마음이 편해지는 것이다. 자식들을 못 먹이고 못 입힌 인색함은 자해를 벗어나기는 해도, 혈연이라는 끈끈한 인연이 언젠가는 서로를 용서하고 용서받는다.

할머니들이 모이면 으레 손주 자랑하기 바쁘다. 또순이 할머니들이 모이면, 사랑하는 손주들이 얼마나 아끼고 사는가를 늘어놓기 일쑤다.

"우리 애는 소변을 다섯 번 보고 나서야 양변기 물을 내린 답니다. 수도료가 다른 집 절반이에요."

"코로나로 써야하는 거, 무시긴가, 방역 마스크 있잖아요? 1회용이라는데, 우리 손자 놈은 보름을 쓰고 나서야 버린답니다."

"우리 손녀는 어떤데요? 껌 씹다가 책상 밑에 붙여가면서 열흘은 씹을 거예요."

"아이고, 우리 손자는 말도 마세요. 내가 그렇게 못하게 해도, 코푼 휴지를 버리지 않고 대여섯 번은 재활용해요."

"손주들 셋이 전기료 아낀다고 독방 쓰지 않고, 한 방에 모여 공부해요. 전기료가 다른 집 반의 반이에요."

이 할머니들이 여름철에 바다 건너 제주도로 단체 여행을 가기로 했다. 돈 아끼느라고 평생 비행기 한번 타보지 못한 또순이들이 난생 처음 비행기 구경하게 생겼다. 하늘이 뒤집힐 일이지만, 코로나19 사태로 파산지경에 내몰린 항공업계, 관광업계, 숙박업계가 공짜나 다름없는 항공요금과 숙박료를 제공한 덕택이다. 국가에서는 국민들에게 기만 원짜리 여행 쿠폰까지 뿌리는 선심을 베푼다. 이 또순이 할미들이 생돈 내고 호화판 여행을 할 리가 만무하다.

호텔비가 저렴하기는 해도 할머니들은 돈을 더 아끼기 위해 방 두개에 열 명이 잘 수 있고, 밥해 먹을 주방시설이 되어 있는 콘도 한 채를 빌린다. 구내식당의 아침 뷔페가 값싸고 맛있고 편리하지만, 할머니들은 고생스러워도 준비해 간 식재료로 아침을 지어먹는다. 관광버스를 타고 섬 일주 투어를 하는 중에 식당서 먹는 점심값을 절약하기 위해, 콘도 주방에서 김밥을 말고 생수통에 수돗물을 채워, 한 보따리 싸갖고 간다. 버스 투어 가이드가 해수욕장에 도착해서 자유시간 1시간 반을 주는데, 해수욕장 입장료를 받는다는 말에 할머니들 사이에 논쟁이 벌어진다. 아직 몸매가 이만큼이라도 받쳐줄 때 수영복 입고 짠물에 들어가 보자는 할머니가 두셋 있지만, 입장료 아끼자는 다수의 짠순이 할머니들 주장을 꺾지 못한다.

버스 투어가 끝난 밤에 콘도에 가보니 투숙객들 사이에 난리가 났다. 구내식당서 아침으로 뷔페를 먹은 손님들 모두가 식중독에 걸려 고생한단다. 다음날 아침 투어 가이드가 전하는 소식은 더욱 가관이다. 해수욕장에 독성 해파리 떼가 출몰해서 어제 해수욕을 즐겼던 적지 않은 사람들이 해파리에 쏘여 병원으로 실려 갔다고 한다. 할머니들끼리 수군거린다. 돈 아끼기 잘 했다고. 돈이 화를 부른다고.

그날 밤 자기 전에 할머니 열 분이 모여 나누는 이야기가 귀를 솔깃하게 한다.

"어제 해수욕장에 가보니, 왜들 그렇게 뚱뚱하지? 거기에 비하면 우린 모두 날씬한 편이야!"

"돈 아끼느라 고기 안 사먹고, 값싼 푸성귀만 먹고 살아서 우리 몸매가 날씬한 거 아니겠어?"

"고기 많이 먹고 산 사람은 영양과잉이야. 요즘 뚱보들 고혈압이니, 당뇨니, 성인병을 달고 산다지."

"우리 중에 아무도 성인병 약 먹는 사람 없잖아. 돈 안 든다고 채식한 거지만, 건강을 덤으로 얻었어."

"살찌면 옷을 새로 사 입어야 하는데, 우린 예전 몸매 그대로니까 옷값 안 들어서 좋아."

"육식을 오래 하면 성질이 변한다면서? 그런 사람들은 왠지 사나워 보여. 채식동물인 우리는 억척이기는 하지만, 성질이 순하잖아!"

"니네들 말이 맞아. 나는 평생 노랭이로 살아왔어도 후회하지는 않아!"

다음날 아침에도 할머니들 이야기는 이어진다.

"너, 어젯밤에 후회하지 않는다고 했지? 근데 평생 못 먹고 못 입고 호강 한번 못 하고 살아온 거를 정말 후회하지 않니?"

"노랭이 짓이 비록 자랑할 건 못되지만, 뭐라 뭐라 해도 우리가 자식 농사 잘 지은 거 하나는 알아줘야 해!"

"그래! 자식 키우면서 옷 기워 입히고, 음식 함부로 버리지 않게 하고, 돈 한 푼도 허투루 쓰지 않게 하고, 과외나 학원 보내지 않고, 자기 실력으로 공부하게 하고, 그런 교육이 우리 자식들로 하여금 무엇이 귀한지를 알게 하고, 생활력 강하게 만들었어."

"맞아. 화분에 물 많이 주고 키운 식물이 물러지듯이, 돈으로 키운 자식은 물러빠진 것 같아."

"구두쇠로 키운 자식은 정신이 살아있어!"

"네가 어제 그랬지? 돈이 화를 부른다고. 돈은 없어도 안 되지만, 돈이 자식을 망치는 경우가 많아!"

"얘들아! 남이 들으면, 소비가 미덕인 시대를 모르는 꼴통이라고 하겠다. 이제 그만 하자!"

3
마지막 나들이

입원하고 있는 병원에서 외출 허락을 받았다. 내 생애 마지막 나들이를 하기 위해서다. 아내와 아들 며느리에게 나들이 준비를 부탁했다. 나도 준비를 했다.

죽음이 임박한 내가 원하는 단 한 번의 외출, 두 번 다시 되풀이 할 수 없는 외출, 마지막으로 누리는 외출이 된다. 내 생애 최고의 나들이를 하고 싶다. 비감(悲感)이 온몸을 휩싸고 돈다. 최고의 호사를 맛보기로 한다. 내 마지막 나들이의 처음부터 끝까지를 멋지게, 장엄하게, 신실하게, 감격스럽게 보내기로 하자. 먼 곳에 가서 오랜 시간을 보낼 체력이 안 되기에 아내, 아들, 며느리와 함께 하는 저녁식사 자리를 준비하도록 했다. 이를테면 최후의 만찬이다.

세 사람이 나를 차에 태워 예약해둔 음식점으로 간다. 자동차 안에서 가죽 시트를 손으로 쓸어보고, 계기판에 시선을 고정하기도 한다. 다음 번에 내가 탈 차는 영구차일 것이다.

차에서 내려 음식점으로 향한다. 근육이 쇠잔한 다리는 열 걸음 떼어 놓기가 어렵다. 나를 부축하려는 아들을 밀쳐낸다. 마지막 나들이만큼은 내 힘으로 온전히 걸어가련다. 예닐곱 걸음을 걷고 잠시 쉬어간다. 쉬는 짬에 주위를 둘러본다. 네 달 입원생활 동안 보지 못했던 도심의 퇴근 광경이다. 열심히 살아가는 인간들. 그들에겐 죽음의 그림자가 바늘 끝만치도 보이지 않는다.

음식점 종업원 둘이 나를 맞는다. 아들이 미리 일렀던 모양으로 나를 자리로 안내하는 몸가짐이 숙연하다. 이 음식점 이름을 소리 내어 부를 때, 중국 사람이라면 별들의 거리라고 이해하고, 일본 사람이라면 깊은 바다로 알아듣는다. 그 뜻이 유별나서 내가 좋아하는 곳이다.

나는 성장을 했다. 왕이라면 대관식을 거행하는 날처럼 차림새에 정성을 쏟았다. 내 마지막 나들이인데, 어찌 대관식에 비할 것인가? 잘 다린 캐시미어 검정양복, 빳빳하게 깃을 세운 실크 셔츠, 우리나라에서는 드물게 매는 나비넥타이, 파리가 앉다가 미끄러질 광택 구두, 감촉이 포근한 최고급 면내의, 여기다 코에 그윽이 감도는 장미꽃 향수를 더했다. 다음번 내가 엄숙함을 다해 차려 입을 복장은 수의일 것이다.

저녁식사가 시작된다. 코스 요리가 열두 가지나 되는 음식점 최고의 메뉴이다. 메뉴명은 황제이다. 링거액과 호스 공급의 미음으로 연명하던 내가 어떻게 이로 씹고 혀로 굴려서 목으로 넘기는 식사를 할 것인가? 그래도 황제의 식탁에 어울리는 최고의 품위를 지킬 것이다. 근육이 쇠잔한 손과 팔은 젓가락 쓰기가 어렵다. 숟가락이 최선의 선택이다. 스프를 반 숟가락 먹고 내려놓는다. 3분 걸렸다. 내가 요리 한 코스를 마치고 물리라는 신호는 아들에게 약간 돌리는 고갯짓이다. 생선요리는 아내가 각설탕 크기만큼 떼어 숟가락에 올려준다. 입안에 넣고 3분 지나니 생선살이 솜사탕처럼 물러진다. 아내가 10원짜리 동전 크기로 잘라준 등심구이는 입안에 넣고 앞니로 오물오물 3분 씹으니 초콜릿 녹은 듯하다. 마지막 나들이에 하는 마지막 식사는 입으로 먹는다기보다 눈으로 보고 추억을 씹는 자리이다. 마지막 요리를 물리라는 고갯짓을 아들에게 한다. 언뜻 눈가를 훔치는 아내 얼굴이 보인다.

아들이 묻는다.
"아버지, 이 식사자리를 한 번 더 마련할까요?"
나는 생각한다. 두 번 세 번 되풀이 할 수 있는 식사라면 어찌 오늘 같은 감격과 비장함을 맛볼 수 있을 것인가? 단 한 번이기에, 그리고 마지막이기에 나는 지난 65년간 맛본 식사를 하나의 정화(精華)로 쏟아 부어 오늘 저녁에 집중한 것이다. 나는 아들에게 고개를 저어 보인다.

아들이 또 묻는다.

"아버지, 꼭 하시고 싶은 것이 있으세요?"

나는 생각한다. 내가 죽기 전에 반드시 하고 싶은 버킷 리스트가 있을까? 내가 10대 시절에 짝사랑했던 여인이 떠오른다. 그 여인을 만나보는 것이 잘하는 일일까? 안 만나는 게 잘하는 것일까? 판단이 서질 않는다. 무언가 짚어보는 내 표정에 아들이 짐작이 가는 듯 단언한다.

"아버지, 하시고 싶은 게 있으시면, 제가 무슨 일이 있더라도 성사시키겠습니다. 말씀만 하세요."

나는 얼버무리는 수밖에 없다.

"나는 살아생전 하나님 얼굴을 한 번 보고 싶구나!"

세 식구가 살며시 웃는다. 오늘 식사자리에서 유일하게 웃음을 보인 순간이다.

내가 세 식구에게 묻는다.

"내가 알고 싶은 게 있다. 병원에서 내가 앞으로 얼마나 살 수 있다고 하더냐?"

조금 뜸을 들이더니 아들이 대답한다.

"아버지, 주치의 선생님이 환자에게 제일 중요한 건 살려고 하는 의지랍니다. 아버지가 나으시려는 의지, 삶에의 의지가 강고하시다면, 회복하실 수 있습니다."

나는 생각한다. 내가 죽을병에 걸려 죽을 날짜가 얼마 남지 않았다는 것은 하늘이 알고 땅이 알고 새와 쥐도 알고 있다. 좋게 말해 삶의 의지라고 하는 것이지, 이제 내가 목숨을 부지하려고 애쓰는 것은 추하기 짝이 없는 애걸복걸이며, 천명을 거역하는 몸부림이다. 때가 오면 순명하여 품위 있는 죽음을 맞아야 한다. 나는 마지막 나들이에서 삶의 마지막 품위를 누린 것이고, 내가 선택할 수 있는 죽음의 품위가 아직 기다리고 있다. 죽음의 품위는 삶의 품위보다 값지다.

아들에게 그만 가자는 신호를 한다.
자리에서 일어나 음식점 입구로 나오니,
로비에 놓인 수족관에서
물고기들이 바다를 거닐고 있었다.
거리에 나오니,
하늘에는 별들이 우주를 거닐고 있었다.

4

도플갱어

사나이 No. 1은 달린다. 15년이 넘은 고물 오토바이를 타고 바쁘게 달린다. 도심이지만 밤 11시가 넘은 시간대라서 차량이 별로 없고 행인도 거의 없어 씽씽 내달린다. 그가 하는 포장음식 배달은 시간이 바로 돈이기 때문에 달릴 수 있는 한 요령껏 내달린다. 요리조리 앞지르고 파고드는 곡예 운전과 과속 질주는 기본이고, 교통신호위반과 인도 주행은 다반사다. 필요하면 역주행도 마다하지 않는다. 하루에 30건 정도 배달해서 10만원 가까이 번다. 오늘은 지금까지 25건 배달했으니, 다섯 번 더 채우고 집으로 돌아가려 한다.

사나이 No. 1이 굉음을 내며 급가속을 하다가 차로 앞에 놓인 큼직한 물체를 발견한다. 화물차나 청소차에서 떨어진 낙하물일 것이다. 급브레이크를 넣으니 오토바이가 뒤집힐 듯 휘청거린다. 아찔하다. 오토바이 보험에 들어있지 않아서 사고가 나면 배를 째는 수밖에 없다.

사나이 No. 1은 카페 사장인데, 코로나19 사태로 손님이 끊기자, 가게 문을 닫고 음식 택배 아르바이트로 돈벌이를 한지 네 달이 되었다. 싹

싹한 성격으로 고객을 불려나가던 차에, 눈에 보이지도 않는 쬐끄만하기 짝이 없는 바이러스 때문에 급전직하 타격을 받아 삶에 허덕이는 현실에 기막혀 한다. 어쨌든 살아남아야 한다. 경쟁에서 이긴다든가 사업에 성공한다든가 하는 생각은 물 건너갔고, 절박한 당면문제는 생존이다.

아파트 현관 앞에서 벨을 누른다. "문 앞에 두고 가세요."라는 소리가 들린다. 바이러스 감염을 피하려고 비대면 배달이 자리 잡았지만, 뭔가 서운한 감이 있다. 그래도 문을 열고 눈인사하면서 "밤늦게 수고하시네요." "맛있게 드세요."라는 대화가 오가는 대면 문화가 그립다. 그까짓 바이러스가 뭐라고! 배달 일에 자존심 상하고, 누가 알아볼까 부끄럽기도 하지만, 눈 밑까지 올려 쓴 마스크 덕분에 신분이 탄로 날 염려는 없다.

자정 무렵에 또 배달에 나선다. 오늘은 과로한 탓인지 팔다리가 뻣뻣하고 감각이 무디다. 교차로에서 빨간 불 정지신호가 켜졌으나 주위를 둘러보니 아무 차량도 보이지 않기에 그대로 질주한다. 스릴이 넘친다. 그 순간 무엇이 쿵하고 오토바이 옆구리를 치고 들어온다. 오른쪽 다리에 심한 통증을 느낀 찰나, 사나이 No. 1은 의식을 잃었다. No. 1의 오토바이를 박은 것은 사나이 No. 2의 고물 오토바이였다. 사나이 No. 2는 충돌 직후 몸이 붕하고 날아가 땅바닥에 처박혔다. 두 사람은 병원 응급실로 실려 갔다.

같은 응급실에서 두 사람은 응급처치를 받았다. 중상이지만 다행히 생명을 건졌고 의식을 회복해서 대화가 가능했다. 두 환자는 병상을 이웃하고 있다. 모두 간호사에게 집으로 연락해달라고 부탁한다.

교통사고 처리전담 경찰관이 들어와 의사에게 양해를 구하고 개략적인 사고 조사를 한다. 교통순경이 묻는다.

"사고 당시를 기억하십니까?"

두 사람이 고개를 끄덕인다.

현장답사를 마친 순경이 알면서도 묻는다.

"뭘 타고 가다가 사고가 났는가요?"

사나이 No. 1과 No. 2가 똑같이 대답한다.

"오토바이입니다."

질문이 계속된다.

"뭣 하러 가는 길이었습니까?"

두 사람이 똑같은 대답을 한다.

"음식배달입니다."

이어지는 질문이다.

"과속했는가요?"

두 사람 입에서 "예" 소리가 나온다.

다음 질문이다.

"교차로에서 신호를 위반했습니까?"

두 사람은 거짓말을 할까 하고 잠시 잔머리를 굴린다. 거짓말 해보았자 CCTV에 들통 날 것이고, 착하게 살아야 복 받는다는 생각에 두 사람은 사실대로 말하기로 한다.

이구동성으로 대답한다.

"신호를 위반했습니다."

"보험에 들어있습니까?"

두 사람의 똑같은 답변이 이어진다.

"아닙니다."

"두 사람 다 과실이 있으니, 형사문제로 처벌받을 수 있습니다."

"법적인 문제는 잘 모르겠습니다."

"퇴원하는 대로 경찰서로 오셔서 자세한 조사에 응하셔야 합니다. 두 분 면허증은 내가 보관하고 있겠습니다."

교통순경이 연락처를 물으려 할 때, 두 사나이의 부인 두 사람이 응급실 병상으로 달려온다. 부인 둘은 소리 지르고 이리저리 살펴보며 각자 남편의 부상 정도를 확인한다. 의사와 간호사에게 질문을 쏟아낸다. 남편 두 사람의 안위를 알고 나자, 다음에는 사건 경위를 캐묻기 시작한다.

사나이 두 사람은 교통순경을 가리킨다. 순경이 두 부인에게 잠시 설명하고 명함을 준 후에 휴대폰 번호를 적어간다. 부인 두 사람은 서로 이야기 좀 하자면서 응급실 밖으로 나간다.

병상을 마주한 두 사나이가 고개를 돌려 상대방을 응시한다. 서로가 40대 중반의 나이에 평범한 얼굴이다. 삶의 고단함이 배어있다. 누가 누구랄 것 없이 서로가 서로에게 묻고 대답한다.

"본업이 무언가요?"

"카페 사장입니다."

"나도 그런데요."

"밤 12시까지 배달해야 합니까?"

"먹고 살아야 하니까요."

"과속하고 신호위반하는 게 위험하지 않습니까?"

"피차일반입니다. 먹고 살아야 하니까요."

"앞으로 어쩌시렵니까?"

"이 꼴로 무얼 할 수 있겠습니까? 마누라한테 맡겨야지요."

대화가 끊기고, 서로를 멍하니 쳐다보며 생각한다.

'우리 두 사람은 어찌도 이렇게 똑같을 수가 있을까?'

사나이 두 사람은 코로나19 사태라는 똑같은 위기를 만나 똑같이 사업이 망해 어려움에 처하고, 똑같이 가난해졌고, 먹고살기 위해 똑같이 음식배달 아르바이트를 하다가, 서로 똑같은 잘못으로 교통사고를 당하고, 응급실의 똑같은 병상에 누워, 막막한 현실에 똑같이 내던져져 있다. 닮은꼴인 상대방을 서로 응시하고 있다.

두 사나이의 부인 두 사람이 응급실에 들어와 나직이 이야기를 나누고 있다.

"아이가 몇이세요?"

"둘입니다. 아들 딸이에요."

"나도 둘인데, 딸 아들이에요."

"나이가 어떻게 되세요?"

"용띠에요."

"나도 용띤데, 동갑이네요. 몇 월생이세요?"

"오월입니다."

"난 구월인데요. 언니 하실래요?"

"그래요. 동병상련이라고, 우리, 언니 동생 하는 의자매 맺어요."

"좋아요. 앞으로 연락하고 지내기로 해요!"

부인 두 사람은 사건 전말을 대충 파악하고 있다.

"언니, 서로 잘못해서 사고가 났으니, 이것저것 따질 것도 없네요."

"그런데 두 사람 다 보험에 들어있지 않으니 어떡하지요?"

"병원 치료비가 걱정이에요."

"아우님은 남편 몰래 숨겨둔 비상금이 없어요?"

"대한민국 부인치고 비자금 꼬불쳐두지 않은 여잔 없을 걸요."

"그럼, 치료비는 각자 비자금으로 해결하면 되겠어요."

"언니! 남편들이 저 모양이니 앞으로 뭐 해먹고 살지요?"

"나는 진작 빵집을 해볼까 하고 준비 중이었어요."

"어쩜, 저하고 그리도 똑같을까요? 저도 빵집이 하고 싶어서 제빵사 자격증을 따놓았는데요."

"그러게, 우연의 일치치곤 정말 신기하네요. 우리 동업하는 게 어때요? 우리가 힘을 합쳐 식구들 먹여 살려야지요."

"꼭 그렇게 해요. 언니만 믿을게요."

사나이 두 사람은 불행한 도플갱어(Doppelgänger)이다.

부인 두 사람은 희망을 다지는 도플갱어이다.

"코로나야, 물렀거라! 우리가 간다."

5

사기꾼

사기가 횡행하고 무엇이 진실인지 무엇이 허위인지 모를 혼돈의 세상이 심화되었다. 세상은 거짓을 사실이라고 강변하는 뻔뻔스런 억지 궤변론자들이 진실을 억누르고 군림하는 변질 시대로 역진화(逆進化)하였다. 진실을 왜곡·은폐·포장하는 말장난이 일상화함으로써 사람들이 사용하는 언어의 의미가 사람에 따라 다르게 전달되는 다중(多重) 사회로 변질되었다. 사람들은 단일하고 동일하며 안정된 세상에서 사는 것이 아니라, 시시각각 종잡을 수 없이 다변(多變)하는 불안정 세계에서 살아간다. 사람들은 일관된 생활신조를 지키지 못하고, 헷갈려한다. 그 책임은 질이 안 좋은 인간들에게 있는데, 바로 사기꾼이다. 사기가 횡행하는 사회에서는 인간관계의 첫 단추가 불신으로 꿰어진다.

사기꾼은 지구인을 침공하는 좀비나 외계인보다 무섭다. 적으로 설정된 무리들은 우리와 얼굴이 다르게 설계되기 때문에 곧바로 식별해내어 대처하는 수순을 밟는다. 그러나 사기꾼들은 외모가 보통사람과 다름없기에 별 의심 없이 받아들여진다. 아니, 사기꾼들은 보통사람보다 더 잘생긴 얼굴에 말솜씨도 훨씬 그럴듯해서 첫 만남에서부터 호감을 산다.

사기당한 피해자들이 사후에 땅을 치고 통탄해보았자 아무 소용이 없다. 사기꾼은 순식간에 잠적해버리고, 은인자중하며 다음 기회를 노린다. 심성이 고운 순수혈통 지구인들은 사기꾼과 억지 궤변론자들에게 속수무책이다. 개인의 힘으로 어쩔 수 없어, 무력감과 절망에 잠기는 은둔자가 늘어가고 있다. 변질 시대에 세상은 진실, 허위, 진실아닌 진실로 3분되었다.

이 땅에서 사기꾼들을 몰아내기 위해 '사기범 일제소탕 특별수사본부'가 한시적으로 설치되었다. 얼마나 속 시원한 일인가! 검찰, 경찰, 국세청, 금융감독원, 식약처 등 사기범을 단속할 책임 부서의 실력있는 실무자들과 노련한 수사지원인력이 대거 수사본부에 투입되었다. 수사기관, 수사요원의 신분, 수사정보가 철저히 가려지고, 소재가 알려지지 않은 안가에서 수사가 전개되었다. 수사상 공정·독립·중립·효율을 기하기 위하여 그 활동은 일체 외부에 공개되지 않았다. 수사본부에서 대외적으로 공표할 사항은 보도자료의 형식으로 언론기관과 대중매체에 배포되었다. 수사관들도 그 실물이 외부에 일절 드러나지 않았다. 수사는 비밀첩보작전보다 더 은밀하게 베일에 가려진 채 진행되었다.

특별수사본부의 맨 처음 작전은 금융 사기꾼 검거였다. 주가 전망과 사업 실적을 거짓 부풀려서, 이에 속은 개미들로 하여금 빚까지 내어 주식과 사모펀드에 투자하게 하고, 투자금을 사취해서 먹튀한 금융 사기꾼들이 줄줄이 잡혀왔다. '왜 그런 짓을 했느냐'는 수사관의 심문에 "투자란 자본을 끌어 모아 부를 창출하고 증식하는 것입니다. 아시다시피 미래란 예측하기 어렵습니다. 제가 예측한 대로 금융시장이 움직이지 않은 것이 문제일 뿐입니다. 주가는 하나님도 모른다고 하지 않습니까? 제 아버님도 제가 공모한 펀드에 3억원을 투자하여 95%의 원금 손실을 보셨습니다. 저는 국가경제를 진흥시키고 국민들로 하여금 부자되게 해주려는 선한 목적으로 외길을 걸어왔습니다."라는 진술이 이들의 답변 매뉴얼이었다.

수사본부의 다음 대상은 건강 사기꾼이었다. 뚱보들과 몸매를 가꾸려는 멋쟁이들에게 한 달 복용에 5kg 체중 감량을 보장한다고 속여, 불량 건강기능식품을 판매한 사기꾼들이 줄줄이 잡혀왔다. '왜 그런 짓을 했느냐'는 수사관의 심문에 "제가 제조·판매한 건강식품은 그 효능이 틀림없습니다. 자신합니다. 제 누이동생은 제 식품을 3개월간 꾸준히 복용하고 12kg을 감량했습니다. 일부 탈이 난 소비자는 복용 수칙을 어겼거나 특이체질인 사람일 것입니다. 이제 비만은 선진국에 보편화된 심각한 국민병입니다. 저는 국가적으로 이 병을 퇴치하고, 개인적으로 비만환자들의 고민을 해결해주려는 선한 목적으로 일해 왔습니다."라는 진술이 이들의 답변 매뉴얼이었다.

탈모를 방지하고 치유한다는 엉터리 약품을 제조해서 판매한 약장사 사기꾼들이 굴비 엮듯 잡혀왔다. 이 약품을 두피에 바른 대머리들은 두피가 가렵고 물집이 생기며 벗겨져나가 탈모가 더욱 악화되는 피해를 입었다. '왜 그런 짓을 했느냐'는 수사관의 심문에 "모든 약은 부작용이 있습니다. 좋은 약은 오래 사용해야 서서히 효과가 나타납니다. 제가 만든 탈모치료제는 적어도 6개월은 사용한 후에야 새로운 모발이 나기 시작합니다. 1~2개월 사용기간 동안에는 명현반응이란 게 있습니다. 대머리들이 얼마나 고심하는 줄 아십니까? 머리카락 한두 올을 지키기 위해 온갖 정성을 다 쏟습니다. 제 형님은 심한 탈모증으로 고민하다가 제가 만든 연고를 8개월 바른 후에 몰라보리만치 정상인의 머리털을 자랑하게 되었습니다. 한번 만나 보십시오. 저는 대머리들의 숙원을 해결할 기적의 약을 만들려는 선한 목적으로 평생 노력해왔습니다."라는 진술이 이들의 답변 매뉴얼이었다.

수사본부는 종교 사기꾼들도 검거하기로 작정했다. 물욕을 버린 자만이 천국에 들어갈 수 있다고 설교하며 정작 자신은 각종 명목으로 헌금을 챙기고, 심지어 곧 닥쳐올 최후 심판의 날에 재물은 아무런 의미가 없으니 교단에 헌납하라고 현혹하여, 이를 맹신한 신자들로부터 가산(家産)을 몽땅 사취한 사이비 교주들이 줄줄이 수갑을 찼다. '왜 그런 짓을 했느냐'는 수사관의 심문에 "신성한 목회 일을 모독하지 마십시오, 교단이 현재 소유한 재물은 카이자의 것이 종국적으로 하나님께 속하게 될 때까지 일시 맡아 보관하고 있을 따름입니다. 최후 심판의 날은 다소 오산(誤算)이 있는 것이지. 언제고 반드시 도래합니다. 우리는 회개하면서 이 세상 종말의 날을 경건히 기다려야 합니다. 제 일가 친척 모두가 재물이라는 속세의 때를 벗어버리고, 저와 함께 그 날을 기다리고 있습니다. 저는 죄 많은 인간 모두를 천국에 인도하려는 선한 목적으로 목회 사역에 헌신해왔습니다. 수사관님도 제 거룩한 사업에 동참하시기를 기도하겠습니다."라는 진술이 이들의 답변 매뉴얼이었다.

　　다음 단속 목표는 자선 사기꾼들이었다. 장애인, 노숙인, 위안부, 고아, 독거노인, 탈북민 등을 돕는다는 대의명분을 내세워 전국 각지에서 답지한 기부금, 후원금, 성금을 회계 부정하거나 갖은 꾀를 써서 사복(私腹)을 채운 자선 사기꾼들이 숱하게 잡혀왔다. '왜 그런 짓을 했느냐'는 수사관의 심문에 "저는 불우 이웃을 보고만 있을 수 없었습니다. 행동하는 양심은 가시밭길을 걷습니다. 어떤 악의 세력이 저를 음해하여 제가 이곳에 잡혀왔는지는 모르겠으나, 헤쳐 나가야 할 가시밭으로 수인(受忍)하고 있습니다. 그리고 설령 제 호주머니에 별것 아닌 푼돈이 들어있다고 하더라도 그건 떡을 주무르다가 손에 떡고물이 묻은 결과일 따름입니다. 바쁘게 뛰다보면 떡고물 묻은 손을 일일이 씻어낼 수가 없습니다. 저는 삶에 허덕이는 불쌍한 이웃들을 제 피붙이처럼 아껴주려는 선한 목적으로 전력투구하며 살아온 사마리아인입니다. 저는 제 결백이 증명되어 다시 세상에 나가게 되면 똑같은 길을 걸을 겁니다."라는 진술이 이들의 답변 매뉴얼이었다.

특별수사본부는 순차적으로 사기꾼 소탕작전을 펼쳐나갔다.

고가의 브랜드 명품을 귀신처럼 모방해서 가짜 상품을 제조한 꾼들을 잡아들였다. 이 가짜를 진짜로 팔아먹은 판매책들도 줄줄이 잡혀왔다. 짝퉁 사기꾼들이 자취를 감췄다.

복지사업이라는 선한 탈을 쓰고는 허위자료 제출 등의 수법으로 공공기관이 지원해준 국가보조금을 사취한 복지 사기꾼들도 일제히 검거되었다.

특별수사본부의 마지막 목표는 정치 사기꾼이었다. 정의·인권·진실·통일·공정·평등 따위의 선한 목적으로 다수 국민을 우롱하여 권력을 사취하고, 온갖 이권과 영달을 누리는 사기꾼들을 잡아들이고자 하였다. 그러나 그 시도는 실패하였다. 비록 사기꾼이라고 하더라도 일단 정권을 쟁취한 살아있는 권력을 처단하기는 불가능했다. 정치 사기꾼들이 내세우는 권력행사 정당화의 최종 매뉴얼은 항상 실체를 알 수 없는 국민의 뜻과 선거가 있은 후에는 도저히 확증할 길이 없는 국민 다수의 지지였다.

그런데 묘한 일이 벌어졌다. 사기범 일제소탕 특별수사본부라는 기관이 어느 순간 갑자기 증발해버린 것이다. 국민들이 처음에 추측하기로는 수사본부가 집권층에 칼을 대었다가 미움을 사서 해체된 것으로 알았다. 하지만 해체되었다고 하더라도 도대체 그런 기관이 어떻게 발족했는지, 그 기관에 누가 파견되어 어떤 권한을 행사했는지 등등 모든 것이 오리무중이었다. 수사본부가 사기꾼들을 체포하여 신문하고 구속했던 장소도 온통 비밀에 쌓여있어서 밝혀지지 않았다. 철저한 수사밀행주의가 모든 정보를 차단했던 것이다. 통상적인 수사기관이 이 특별수사본부를 수사하려 해도 아무런 수사 단서가 없었다. 수사기관을 호령하는 권력기관이 나서서 사태를 규명하고자 해도 한숨만 내쉬는 형국이었다. 권력기관은 여럿 존재하기 때문에, 그리고 최고권력자의 뜻은 관념적이고 모호한 언사로 흘러나오기 일쑤이기 때문에, 한 쪽 권력기관은 특별수사본부가 다른 쪽 권력기관의 작품일 것이라고 치부하고, 그냥 넘어갔던 것이다. 더구나 특별수사본부는 사기범 소탕이라는 선한 목적을 가지고 불만 가득한 국민의 속을 후련하게 해주었기에 권력층조차도 구태여 유심히 살펴보려고 의심하지 않았다.

변고(變故)는 특별수사본부의 증발로 그치지 않았다. 잡혀 들어갔던 사기꾼들의 주장을 종합해보면, 3조원이 넘는 막대한 액수의 돈도 증발해버렸다는 사실이 세상을 놀라게 했다. 자칭 수사관들은 사기꾼들로부터 압수한 범죄수익금과 임의로 제출받은 증거물로서의 금품을 대부분 해외도피처의 은행비밀계좌로 송금하였고, 일부는 현금으로 돈세탁해서, 그 추적을 완벽하게 차단했다. 신분이 위장된 수사요원들은 아무런 흔적을 남기지 않고 유령처럼 잠적해버렸다. 사기범 일제소탕이라는 희대의 사기극이 국가를 무대로 하고 전 국민을 관객으로 해서 전무후무한 명연기(名演技)로 상연되었던 것이다.

　사기꾼의 왕국을 무너뜨린 자들이 사기꾼이었다.

6
포장 쓰레기

그는 작업대 앞에서 두 시간째 머리를 짜내고 있다. 작업대 위에는 여자 핸드백이 하나 놓여있다. 그는 꼼짝 않고 앉아 핸드백을 이리저리 뜯어보면서 기발한 아이디어를 찾고자 애쓴다.

'돈 많은 남자가 아리따운 여자에게 선물할 이 비싼 악어가죽 가방에 어울리는 포장은 어떤 것일까? 남자가 말없이 건네는 선물 꾸러미를 받고, 그 안에 무엇이 들었을까 호기심에 반짝이는 여자의 눈! 포장을 여러 겹으로 두텁게 해서 궁금증이 몇 배가 되도록 해야지! 몇 고개 넘어야 다다르듯이 포장을 풀고 또 풀어서 드디어 정체를 드러낸 선물에 여자가 지르는 경탄의 비명소리! 이 극적인 장면을 극대화할 수 있는 포장은 무엇일까?'

그는 자신의 창의적 재능이 빚어낸 포장 덕에 대박을 친 명차(名茶)를 떠올린다. 그가 디자인한 토기 그릇에 차를 담고 다시 은박(銀箔)을 입힌 상자 곽에 넣어 이중으로 포장을 해서 출시된 차 상품은 반년 만에 매출이 두 배로 껑충 뛰었다. 같은 상품이 포장만 바뀌었을 뿐인데, 판매고가 그렇게 늘었으니, 다들 마케팅 비결은 포장에 있다고 했다.

그는 중얼거린다. '그렇다! 포장은 상품에 입히는 옷이며, 상품에 다는 날개다. 포장술은 상품에 입히는 옷의 마력으로 소비자를 홀리는 예술이다. 최고의 포장술은 돈을 지불하는 구매자의 계산감각을 마비시킬 둔갑술이다. 이 핸드백에 어떤 옷을 입힐까?'

그는 포장디자인 회사 대표로 있는 40대 중반 남자이다. 그가 10년 전에 창업한 회사는 승승장구하였다. 업계를 평정하고 엄지 척으로 꼽히는 회사가 되었다. 돈을 많이 벌었으니, 그의 다음 계획이 착착 진행된다. 먼저 서울 근교에 땅을 샀다. 회사 건물을 지을 2천여 평의 부지와 여기에 붙은 전원주택지 3백 평 가량의 땅이다. 그는 건축설계사무소에 사옥과 주택의 설계를 의뢰했다.

그는 일하다가 말고 간간히 설계도면을 펼쳐들고, 상상의 나래를 편다.

'드디어 정원이 있는 내 집을 갖게 된다. 철마다 옷을 갈아입듯 계절을 나름대로 뽐낼 들꽃과 나무를 심어 일 년 내내 자연의 잔치를 열어야지. 지하 방음실은 한 벽면을 몽땅 영화 입체스크린으로 처리하고, 마음껏 볼륨 높여 음악을 즐길 수 있는 오디오 시설을 해야겠어. 다락방은 밤하

늘 별들을 관찰할 수 있는 작은 천문대로 꾸며야지.'

그 다음 즐길 상상의 기쁨은 사옥 설계도에서 솟아난다.

'여기 맨 위층에 내 작업공간을 배치해야겠어. 근처 사방을 다 내려다볼 수 있어야지. ㅁ자 건물 가운데 설치된 중정(中庭)은 화목(花木) 동산이 될 거야. 자그만 연못도 파야겠어. 중간층에는 직원들이 수시로 원기를 충전할 수 있는 널찍한 힐링 룸을 넣어야지. 다들 좋아할 거야.'

그 순간 휴대폰이 울린다. 지금 그가 꿈꾸고 있는 사옥과 주택을 지을 건축회사 사장이 건 전화다. 건물 부지에 시험 터파기 공사를 하기로 되어 있다. 반가운 마음에 얼른 전화를 받는다.

"대표님, 예상치 못한 일이 터졌습니다. 큰일입니다."

"무슨 일인데 그러세요?"

"오늘 터파기를 해보았는데, 땅 밑에 쓰레기가 이만 저만이 아닙니다."

"아니, 쓰레기라니요? 본디 쓰레기란 있을 수 있는 것이 아닙니까?"

"쓰레기 종류나 양이 장난이 아닙니다."

"부지를 구입할 때엔 아무렇지도 않았는데요!"

"쓰레기 처리회사가 폐기할 쓰레기를 땅속 깊이 감쪽같이 불법매립하고, 겉으론 아무 흔적이 없게 덮어 버린 모양입니다. 알아보니 그 회사는 폐업한지 오랩니다."

"도대체 쓰레기 양이 어느 정도입니까?"

"엄청납니다. 지하 3-4m 두께로 쓰레기 더미가 부지 태반에 묻혀 있습니다. 8톤 트럭으로 몇 천대 분량은 될 겁니다. 대부분 포장쓰레기입니다. 쓰레기가 종이 포장지라면 몰라도 플라스틱 포장, 비닐 포장이어서 분해 처리가 곤란합니다. 그 외에 토양을 오염시킨 중금속 쓰레기는 구입하신 땅을 치유불가능한 불모지로 만들었습니다."

"상상이 되질 않습니다. 어떻게 방법이 없겠습니까?"

"사진을 찍어 전송할 테니 우선 보시고, 나중에 답사하러 오시지요."

"알겠습니다. 궁금해서 묻습니다. 쓰레기 문제에 대한 사장님 의견은 어떻습니까?"

"손쓸 수 없을 지경입니다. 안된 말씀이지만, 한마디로 대표님 땅은 죽은 땅입니다!"

이 대답에 포장디자인 회사 대표는 머리가 띵해졌다.

'내가 의욕과 자부심에 불타 디자인한 포장이 돌고 돌아 마지막에는 내 땅을 죽였다니!'

그 날 저녁 회사 직원들을 위한 저녁 회식이 있다. 포장디자인 우수 사원 3명을 표창하고 사기를 진작시키기 위한 모임이다. 푸짐한 식사에 고급 와인도 곁들여 분위기가 한창 거나해진 8시경이다. 식당 한켠에 있는 TV에서 뉴스가 흘러나온다.

"다음은 환경문제에 관한 보도입니다. 환경부는 쓰레기 대란사태를 경고하고 있습니다. 수도권 생활폐기물 매립지는 3년 내에 포화상태에 도달합니다. 생활쓰레기의 30% 이상을 각종 포장폐기물이 차지합니다. 특히 플라스틱 포장재는 토양과 해양을 망치고 있습니다. 포장을 줄이고, 없앨 수 있다면 포장을 없애도록 합시다."

7
몬도가네 전염병

먹보는 식탐이 강했다. 그의 집안 내력이 그랬고, 사회 풍조가 그랬다. 그의 아버지는 식도락가였다. 온갖 진미를 즐겼다. 기식(奇食)을 구해 자신이 먹고, 집안 식구들에게도 먹였다. 식구는 식구였다. 식구(食口)란 '먹는 입'이란 뜻이니, 아들인 먹보는 아버지가 먹이는 음식을 그대로 받아먹으면서 서서히 즐기는 법을 터득했다. 그렇게 해서 대를 이어 식도락가요, 미식가가 되었다. 먹보가 부유한 집안에 태어나 개인적으로 식도락의 복을 누리게 된 것은 차치하고, 나라와 시대까지 먹보에게 먹는 축복을 주었다.

빈곤 국가를 탈피하여 경제적 번영을 누리게 되자 대다수 국민이 식도락에 빠져들었다. 보릿고개를 걱정했던 민족에게 찬란한 식문화가 만개했다. 미식을 뽐내는 음식점들이 우후죽순 번창했고, 동서양의 정갈하고도 세련된 레시피가 대중에게 널리 보급되었으며, 방송가에는 먹방 프로가 인기 선두를 달렸다. 먹보 집안은 호기를 만났다. 요식업계에 본격적으로 뛰어들고자 거액을 투자해서 최고급 음식점을 열고, 각종 식자재를 공급할 농장까지 사들였다. 탄탄한 기반시설을 뒷받침으로 해서, 열과

성을 다하고 기량을 뽐내어, 마음껏 식욕을 즐기는 미식의 고속도로를 닦았다.

먹보 아버지는 뛰어난 요리사이기도 했다. 콩을 가지고 27가지에 달하는 요리법을 개발했다. 모두가 나름대로 독특한 맛을 냈다. 자라로 탕과 찜을 만들어 아들과 함께 먹었다. 새끼 돼지에 특제 양념과 기름을 발라 구워 먹었다. 맛이 기가 막혔다. 러시아에서 캐비아를 공수해 오고 프랑스에서 푸아그라를 들여와서, 식구와 더불어 그 귀하다는 철갑상어 알 요리와 거위 간 요리를 만끽했다. 이탈리아산(産) 트러플(Truffle)로 만든 송로버섯 요리가 뒤를 이었다.

죽을 때 아버지는 아들에게 꼭 지켜야 할 유언을 남겼다. '삶의 으뜸가는 행복은 먹는 것이다. 아낌없이 맛난 것을 마음껏 먹어라. 그러나 단 세 가지는 먹지 마라. 곰 발바닥과 원숭이 골과 박쥐 날개를 먹어서는 안 된다.' 먹보는 온갖 기행과 만행을 일삼으며 식도락의 세계에 빠져들었으나, 돌아가신 아버지가 금한 세 가지 음식만큼은 손대지 않았다. 중국 팔진미에 들어간다는, 그 맛있다는 곰 발바닥과 원숭이 골을 먹지 않았다.

아버지가 세상을 떠난 지 10년쯤 지나, 먹보가 산해진미에 물릴 즈음

궁금증이 일었다. '아버지가 금한 세 가지 음식은 무슨 맛일까? 아버지는 하필이면 왜 그 셋을 금하셨을까?' 금지됐기에 더욱 먹어보고 싶은 유혹을 느꼈다. 먹보는 그 중 하나만을 어겨보기로 했다. 곰 발바닥이었다. 웅담이 고가로 거래되기에 밀렵하거나 사육한 곰이 불법 유통되고 있었다. 이왕이면 자연산을 먹고자 밀렵꾼의 창고로 사람을 보내 곰 발바닥을 사오게 했다. 중식의 대가로 하여금 조리하게 한 곰 발바닥 요리를 자못 긴장된 마음으로 먹어본 먹보는 혀끝을 넘어 위 속을 거쳐 머리끝까지 치닫는 맛에 충격을 받았다. '인간이 만든 음식이 어떻게 이다지도 맛있을 수 있을까? 아버지는 왜 이토록 맛있는 음식을 금했을까?'

한번 깨뜨려진 금지 식품 제1호는 재빨리 2호, 3호의 빗장을 열었다. 날것 원숭이 골에 고추냉이를 얹어 먹어보니, 별미 중의 별미였다. 그 다음은 박쥐 날개 차례였다. 육지에서 멀리 떨어진 무인도 S섬 해안 절벽에 깊숙하고도 으슥한 동굴이 있다고 했다. 그리고 그 동굴 안에 큰 박쥐들이 대량 서식하고 있다고 했다. 사람을 보내 어렵사리 박쥐 여남은 마리를 잡아오게 했다. 중국에 은밀히 전해오는 요리책인 '기식별전'(奇食別傳)에 적힌 대로 먹보 스스로가 정성껏 박쥐 날개를 요리했다. 맛은 놀라웠다. 상상을 초절하는 일미 중의 일미였다. '아버지가 세 가지 음식을 금하신 이유를 이제야 알겠어. 내가 이 세 음식에 빠져들어 넋을 잃고 탐닉할까 걱정되어, 금지하신 거야! 내가 조심하기만 하면 별 탈 없어!'

먹보는 그 맛있는 박쥐 날개 요리를 혼자서만 즐길 수는 없었다. 그는 먹는 것만큼은 아주 호탕한 대인(大人)이었다. 거금을 들여 박쥐를 계속 포획해서 공급하도록 조치했다. 그리곤 박쥐 날개 요리를 일가친척과 동네 이웃들에게 대접했다. 이를 먹어본 사람들은 먹보에게 박쥐 날개 식품사업을 권했다. 밀렵한 박쥐이기에 이 상품도 밀매되었다. 졸도할 만큼 맛이 뛰어난 이 식품은 곧 바로 전국으로 퍼져 나갔고 외국에도 밀반출되었다. 먹보는 박쥐 요리로 일약 거부가 되었다.

그런데 묘한 일이 터졌다. 먹보 주변 사람들에게 이상한 질환이 발생하기 시작했다. 박쥐 날개 요리를 먹은 사람이거나 안 먹은 사람이거나 간에 돌림병이 돌았다. 처음에는 고열에 기침을 하면서 근육통과 인후염의 증세를 보이다가 호흡이 곤란한 폐렴과 장기에 출혈을 보이는 중증으로 발전하여 환자의 3-40%가 사망하는 역병이었다. 이 질환은 환자와 접촉한 가족, 친구, 직장 동료들에게 감염되었다. 먹보의 열 살 된 외아들도 감염되었다. 이 질병은 급속도로 확산되면서 외국에까지 전파되었다. 가장 큰 우려는 전염력이 강한 이 감염병에 아무런 백신도 없고 치료제도 없다는 점이었다. 감염이 두려워 사람들은 서로 접촉을 꺼렸다. 심지어 분가해서 사는 부모 자식 사이에서도 왕래가 끊어졌다. 국가가 나서서 사람들 모임을 금지했다. 거의 모든 분야의 사회생활이 중단되었다. 사회는 없고, 실존하는 것은 인간 개체였다.

전문가들이 이 미증유의 감염병 연구에 노심초사하였다. 연구 결과, 신종 감염병의 원인은 돌연변이를 일으킨 코로나 바이러스임이 밝혀졌다. 변종 바이러스X라고 명명된 이 병원체는 신종 전염병Y를 전 세계에 유행시키며 지구인에게 팬데믹(pandemic) 공포를 불러일으켰다. 전문가들이 말하기를 전대미문의 전염병Y가 촉발된 계기는 변종 바이러스X가 동굴 속 박쥐를 숙주로 해서 기생하고 있다가 인간계에 하강한 것에 있다고 했다. 그러면서 강조하기를, 인간세상과 동떨어진 야생동물 서식지를 침범하지 말고, 야생동물 고기를 먹는 기이한 몬도가네를 막아야 한다고 했다.

　먹보는 먹어서는 안 될 음식을 아버지가 엄금한 이유를 그제야 깨달았다. 그가 전인미답(前人未踏)의 동굴 속 박쥐를 잡아온 것은 열어서는 안 될 판도라의 전염병 상자를 인간계에 열어 보인 것이었다. 그가 박쥐 요리를 먹은 것은 하나님이 금한 선악과 열매를 따먹은 죄악을 범한 것이었다. 그의 잘못으로 인간은 에덴동산에서 추방되어 영원히 박멸될 수 없는 변종 바이러스가 득시글거리는 병원계(病原界)로 전락한 것이었다.

　먹보는 애지중지하는 아들에게 죽음이 임박한 것을 알아채고 최후의 소원을 들어주려고 물어보았다.
　"얘야, 지금 네가 가장 하고 싶은 것이 무엇이냐?"

아들도 죽음이 임박한 것을 알고 간절하게 대답했다.

"원숭이 골과 박쥐 날개 요리를 먹고 싶어요!"

8
착각

부부가 쇼핑을 갔다. 살 게 많아서 갖가지 상품을 저렴하게 파는 대형 마트로 차를 몰고 갔다. M대형마트에서는 가끔 기획상품이라고 해서 절반 정도로 가격을 낮추어 파는 통이 큰 판매를 한다. 남편이 과일을 고르는 사이에 아내는 가전 코너에서 제품을 살펴보고 있다. 아내는 얼마 전부터 진공청소기를 하나 장만해야겠다고 벼르고 있었다. 집에 있는 진공청소기가 오래되고 성능이 시원찮아서 최신의 고급제품을 사려고 알아보고 있었다. 한참 후 정육 코너에서 두 사람이 만났는데, 아내 얼굴이 붉게 상기되어 있다. 아내는 남편에게 승전보를 알리는 양, 의기양양하게 말한다.

"여보! 오늘 대물을 하나 건졌어요. 세계적으로 알아주는 P사의 진공청소기를 21일 하루 동안만 여기서 파격적 특가로 판매한다고 해요."

"도대체 얼마에 파는데 그래?"

"32만 원짜리를 5만원에 판데요!"

"말도 안 돼! 어떻게 그렇게 싸게 팔 수 있어?"

"가전 코너 판매직원이 얘기해 주어서 알게 되었어요. 광고 보드도 붙었어요, 저길 보아요."

남편은 아내가 가리키는 쪽을 바라본다. 큼직하게 쓴 '5만원' 글자가 보이고, 그 밑에 조금 작은 글씨로 '21일 단 하루' 그리고 '60대 한정 판매'라고 쓰여 있다. 남편은 '굴지의 대형마트인 만큼 정말로 통 큰 세일 판매를 단행하는구나'라고 중얼거리며 놀라한다.

그날 부부는 집에 돌아와 진공청소기 구입 작전을 짠다.

"60대만 한정 판매하니까 판매 당일 매장 문을 열자마자 들어가야 할 거야."

"문 여는 시간이 10시예요. 9시 반에는 매장 앞에 도착해서 일찌감치 기다려야 해요"

"9시 반에 되겠어? 그건 늦지 않을까? 싸게 사려고 벼르고 벼른 사람들이 장사진을 칠 텐데, 9시엔 도착해야 되지 않겠어?"

"그렇겠지요? 그날 일찍 움직이기로 합시다. 당신도 같이 갑시다"

"21일이면 2주후네요. 그날 내가 먼저 당신을 매장 정문 앞에 내려주고 나서 주차하러 갈게요. 당신이 먼저 가서 줄을 서도록 해요."

"우리 부부가 합심해서 콜래보하기로 해요."

"그런데 당신 조심해야 해! 서양에서 추수감사절 때쯤 파격적 할인 행사하는 날, 그러니까 블랙프라이데이라나 뭐라나 하는 날 아침에는 세일하는 백화점 정문 앞에 손님이 떼거리로 모여 있다가, 문이 열리자마자

서로 먼저 상품을 확보하려고 달려 나가는 통에 인파에 깔려 중상을 입는 사람들도 생긴다고 해. 21일 M마트에서도 그런 사고가 일어날 수 있어."

"그러네요. 워낙 싼 값이니까 그럴 수 있겠어요."

남편은 당일 진공청소기 구입에 실패하더라도 꼭 사야할 고가의 물품을 저가로 구입하려는 아내의 알뜰한 살림정신을 대견스럽게 생각한다.

설레는 마음으로 2주를 기다린 후, 대망의 21일 날이 밝았다. 흥분한 부부는 아침을 먹는 둥 마는 둥 대충 때우고 차를 몰아 M마트로 향했다. 9시에 도착하더라도 이미 매장 앞에 구매자들이 구름같이 모여들어 장사진을 친 끄트머리에 서게 되지나 않을까 하고 조바심을 치면서 달려간다. 남편은 대로변에 아내를 내려주고, 지하주차장으로 들어간다. 아내는 종종 걸음을 쳐 건물 안으로 사라진다.

주차를 마친 남편이 매장 정문 앞에 왔다. 문은 아직 닫혀 있다. 10시가 '땡' 하고 치면 문이 활짝 열릴 것이다. 아침 일찍 서둔 덕택인지 매장 유리문 앞에 아내가 일착으로 상품 구입 카트 손잡이를 굳세게 쥐고 서 있다. 전투에서 벌써 승리한 장군처럼 아내의 자세가 당당하다. 오늘 진공청소기 구입은 따 놓은 당상이다. 맨 앞에 서 있으니, 문이 열리자마자 뒷줄에 선 젊은 사람들이 빠른 걸음으로 몰려가더라도 열 번째 정도로는 가전 코너에 당도해서 진공청소기를 카트에 담을 수 있을 것이다. 아내는 문에서부터 가전 코너까지 달려갈 최단거리의 동선도 머릿속에 주입해놓았다. 구입 전략과 작전 지도는 완벽하다. 아내는 이번 작전에 남편을 투입하지 않고 자신이 출동해서 승리의 공적과 기쁨을 직접 누리고 싶어 한다. 나중에 두루두루 자랑할 가치가 충분하다.

매장 정문 앞 대기 장소가 널찍하다. 로비라고 할만하다. 1급의 대형마트라서 그런지 손님에게 베푸는 서비스도 통이 크다. 로비 한켠에서 이른 아침 문 열기를 기다리는 손님들을 위해 다과를 무료 제공한다. 한복을 곱게 입은 아주머니가 커피, 차, 비스킷, 떡 등을 서비스로 대접한다. 아침도 때우고 시간도 때울 겸 남편은 서비스 테이블로 가서 주섬주섬 먹을 것을 주워 먹는다. 청하여 받아든 커피를 마시며, 남편은 매장 정문 앞에 굳건히 버티고 선 아내를 그윽한 시선으로 바라본다. 아내 뒤로는 아무도 서 있질 않다. 이렇게 통 큰 세일에 아직 아무도 서둘러 온 사람이 없다니, 의외라는 생각이 든다. 남편은 커피를 서비스한 아주머니에게 아내를 자랑하고 싶어졌다.

"저기 유리문 앞에 서 있는 저 사람이 제 집사람입니다. 오늘 5만원에 한정 판매하는 진공청소기를 산다고, 9시부터 저렇게 일착으로 서 있습니다."

밝은 표정의 아주머니가 갑자기 참 안됐다는 표정으로 바뀌며, 반응을 보인다,

　"오늘 한정 판매하는 진공청소기는 5만원에 파는 게 아니고 5만원을 할인해 주는 건데요! 사모님이 잘못 아신 것 같아요."

　아주머니가 서비스 테이블 바로 뒤 벽에 붙어있는 광고 보드를 가리킨다.

　남편에게 다른 글씨는 눈에 들어오지 않고, '5만원 할인'이라는 문구만 선명하다.

9

동방예의지국

옛날 옛적 동방에 예의지국(禮儀之國)이 있었다. 그 나라에서는 예(禮)의 근본을 효(孝)에 두었다. 부모의 은혜는 태산 같이 크기에(父母恩重泰山), 부모님이 돌아가시면 자식은 '3년 상'(喪)을 치르며 부모의 은혜에 보답했다. 효성이 지극한 자식은 돌아가신 부모님 묘소 옆에 지은 움막에서 3년 동안이나 기거하며 묘를 돌보고 살아계실 적처럼 조석으로 문안 올리며 공양을 드렸다. 이를 '시묘살이'라고 했다. 3년 상을 치르는 동안 자식은 상복을 입고 가무음곡을 삼가며 근신하는 애도기간을 보냈다. 자식이 지켜야 할 효도 규범은 국가가 제정한 가례집(家禮集)에 규정되어 있었다. 규정에 따르면, 맏아들(長子)은 3년 상을, 둘째(次子) 이후의 아들은 1년 상을 치르게 되어 있었다.

동방예의지국에서 어떤 임금님의 어머님이 갑자기 돌아가시는 국상(國喪)이 발생했다. 임금님도 3년 상을 치러야 했다. 그런데 공교롭게도 상을 당한 임금님은 맏아들이 아닌 차남으로서 왕위에 오른 케이스였다. 이 임금님이 상복을 입는 애도기간을 3년으로 할지, 아니면 1년으로 할 것인지가 시급하고도 중차대한 국론(國論)으로 등장했다.

이번 국상에서 임금님이 상복을 입는 기간, 즉 복상기간을 정하는 국사를 논의하기 위하여 중신들이 모인 어전회의가 열렸다. 나라의 의례(儀禮)를 관장하는 부서의 최고 벼슬인 예조판서 김(金)대감이 앞으로 나와 진언(進言)한다. 그는 예론이라는 책을 저술하여 이 방면에서 권위자로 군림하고 있고, 학문적으로도 존경하며 따르는 선비들이 많은 대학자이기도 하다.

"주상 전하, 황망 중에 경황이 없사오나 무엇보다도 국상의 예와 절차를 시급히 정해야 할 줄로 아옵나이다. 국왕은 하늘 아래 유일한 분으로서 만백성을 다스리시는 존귀한 몸이십니다. 국왕은 하늘이옵니다. 그러하므로 땅위의 일반 백성들에게나 적용될 가례집을 떠나, 하늘이신 국왕 전하께만 적용될 예를 정하시도록 부디 통촉하여 주시옵소서. 전하께서는 백성들이 따를 장자 3년이라는 복상기간에 구애되실 필요가 없다고 삼가 엎드려 고(告)하나이다. 누적된 국사를 돌보시고자 촌음을 아껴 쓰시는 주상 전하께서는 차자 1년이라는 가례를 존중함이 마땅하고도 마땅하다고 사료되옵나이다. 아뢰옵기 황송하오나 소신의 의견으로는 전하께오서 1년 복상을 하시는 것이 타당하다고 진언 올리옵나이다."

그러자 3정승 중에 두 번째 서열인 좌의정 송(宋)정승이 앞에 나와 쩌렁쩌렁한 음성으로 주창(主唱)한다. 그는 시서(詩書)를 숭상하는 동방예의지국에서 걸출한 문예로 이름을 날리고 있는 훈구대신이다. 충효의 근본을 충심과 효심이라는 정서로 풀어서, 이를 시가(詩歌)로 절절히 표현하였기에 선비들의 마음을 사로잡고 있다.

"전하, 김판서의 진언은 천부당만부당하옵니다. 군왕은 만백성의 어버이로서 만백성에게 모범을 보이셔야 할 줄로 아옵나이다. 그러하옵기에 군왕과 백성에게는 동일한 가례가 적용되어야 하옵고, 예외를 두어서는 아니 된다고 주청 올리옵나이다. 주상 전하께서는 비록 차자로서 왕위에 오르셨으나 보위에 오르는 순간 장자로서의 적통(嫡統)을 계승하신 것이옵니다. 장자왕위계승이라는 종법(宗法)에 비추어 볼 때, 아직도 전하를 차자로서 취급하여 1년 상을 주장하는 신하가 있다면, 그것은 강상죄로 다스릴 불충을 범하는 것이옵나이다. 전하께오서 차자시라면 전하께 백형되시는 장자가 비록 일찍 별세하셨으나 백형의 장자인 적성대군이 현시에 생존해 있는 이상 왕위계승의 적통은 적성대군에게 있다는 논리가 되옵나이다. 김판서의 진언에는 은연중 역모의 싹이 숨어있지나 않은지 두렵습니다. 설사 역모가 아니라고 하더라도 전하의 왕위계승의 정통성에 의문을 품게 하는 소치라고 아니할 수 없습니다. 주상 전하께서는 장자의 도리를 다하는 3년 복상을 치르시어 엄정한 종법과 올바른 가례를 만천하에 드러내심이 합당하다고 감히 아뢰옵나이다. 청컨대 소신의 충정을 어여삐 여겨주시옵소서."

송정승이 개진을 마치자 아연 회의 분위기가 싸늘해졌다. 동방예의지국에서 불효와 불충은 강상죄(綱常罪)라 하여, 가장 끔찍한 형벌로 다스렸다. 임금의 효도를 논하는 어전회의에서 1년 상을 주장한 의견은 불효를 넘어서 역모를 꾀하는 불충으로 규탄을 받았으니, 김판서는 등골에 식은땀이 흥건하고 안색은 새파래졌다. 회의가 수습하기 곤란한 의외의 사태로 반전하였기에 임금님은 그 다음날 회의를 다시 열기로 하고 중신들을 퇴궐시켰다.

워낙 급박한 변고가 발발했기에 어전회의가 열렸던 당일 신시(申時)부터 선비들의 상소가 빗발쳤다. 다음날 어전회의가 열리기까지 김판서를 두둔하는 상소가 350여 장, 송정승을 편들어 김판서를 탄핵하는 상소가 500여 장이나 올라왔다.

또 다시 어전회의가 열렸다. 임금님은 국론이 어지러워지는 것을 원하지 않았다. 단호하게 왕권을 세울 결심을 하고, 어지(御旨)를 내린다.

"경들은 잘 들으시오. 짐은 국상을 당하여 어제 경들이 주청한 충성스런 진언을 경청하였고, 전국 선비들이 올린 갸륵한 상소문을 새벽까지 열독하였소. 그리고 경거를 삼가하고자 어젯밤에는 홍문관, 사헌부, 사간원, 삼사(三司)의 대감들을 초치하여 자문을 구하였소. 이제 숙려에 숙

려를 거듭하여 대명천지에 짐의 뜻을 밝히겠소. 짐은 장자의 예를 다하여 3년 동안 상복을 입고 세상을 뜨신 대비를 애도하겠소. 짐의 복상기간에 대하여 앞으로 논쟁을 벌이는 자는 중형으로 다스릴 터이니, 금하도록 하시오.

마지막으로 밝히겠소. 1년 상을 치르자고 주장한 예조판서 김대감은 불효·불충의 대역죄를 범하고 나라의 기강을 문란케 하였으니, 국법에 따라 능지처참형에 처할 것이나, 그 동안 쌓은 공을 감안하여 사약(賜藥)을 내리는 은사를 베풀 것이오. 김판서의 주장에 찬동하는 상소를 올린 자들은 사헌부가 그 주모자를 가려 처형하고, 부화뇌동한 자들은 각기 배소(配所)를 정하여 유배형에 처하도록 하시오. 경들은 내 뜻을 충심으로 받들어 즉시 시행토록 하기 바라오."

임금님의 복상기간을 얼마나 길게 잡을 것인가 하는 논쟁에서 선비 30여 명이 목숨을 잃었고 320여 명이 귀양을 갔다. 동방예의지국에서 벌어진 일이었다.

10

천재작가

그는 열심히 소설을 쓰고 시를 지었다. 그에게는 문학적 재능이 있었다. 그러나 오래도록 빛을 보지 못했다. 작품을 책으로 출간할 때마다 좌절을 맛보며 살았다. 작가로서 벌이가 시원찮아서 삶이 구차했다.

그런데 나이 60줄에 접어들어 뒤늦게 그의 인생에 일대반전이 일어났다. 어떤 문학평론가가 그의 문학작품들을 극찬하는 글을 소셜 네트워크에 올리자, 독서인들이 뒤따라 읽어보고 크게 호응하여, 단숨에 베스트셀러 작가로 뛰어올랐다. '자고 일어나보니, 내가 하룻밤 만에 유명해졌더라'라는 말이 그대로 들어맞는 일이 벌어졌다.

사람은 유명해지고 볼 일이다. 그는 마냥 꽃길을 걷는다. 꽃가마를 타고 꽃방석에 앉아 웃음꽃이 만발한다.

늙은 아내는 돈방석에 앉아, '억억' 소리를 낸다. "여보! 이번 달에는 소설 인세수입이 2억 원이나 들어왔어요. 이게 꿈인지 생시인지 모르겠어요."

그해 연말에는 국내 최고로 꼽히는 문학상을 수상한다. 즉각 그의 작품들이 여러 외국어로 번역된다. 국내외에서 일약 천재작가로 이름을 날린다. 명성에 걸 맞는 존경과 대우가 뒤따른다. 그가 가는 음식점마다 주인이 자청하여 고급 요리를 대접하고, 여행가서 묵는 호텔마다 지배인이 나와 영접한다. 떠날 때 지갑을 꺼내는 그에게 환송하는 업주들이 손을 내저으며, '와주신 것만 해도 무한한 영광입니다. 앞으로는 더욱 잘 모시겠습니다.'라는 소리를 연발한다. 그는 어딜 가도 돈쓸 일이 없다. 대접은 극진하다.

독자들이 열광한다. '드시고 건강하십시오.' '자시고 좋은 작품 써 주십시오.'라고 하며, 진귀한 보신제를 보내온다. 여성 독자들은 '제 손으로 뜬 스웨터입니다. 따뜻하게 입으시고 옥체 보존하십시오.'라는 식의 택배 꾸러미를 부쳐온다. 친환경 먹거리도 사시사철 답지한다. 광팬들이 부지기수다. 그는 뒤늦게 골프를 시작한다. 그가 다니는 골프장 대표는 무상출입과 평생무료라는 특권을 선사한다. 그는 부킹 없이 아무 때나 티업하고, 클럽하우스에서 내키는 대로 식음료를 시켜 먹는다.

문단에서는 100년에 한 사람 나올까 말까한 문호로 떠받들어진다. 국내외의 유명작가들이 그를 만나러 찾아온다. 드디어 청와대에서 연락이 온다. 대통령이 그를 저녁식사에 초대했다. 아내를 동반하고 대통령 가족만이 모인 식탁에 앉았다. 단란하기 짝이 없는 분위기이다. 영부인이 존경을 담아 그에게 와인을 따른다. 하나뿐인 영애가 애독자이다. 초대에 응해주시어 기쁘기 한량없다는 인사와 더불어, 미리 준비해놓은 5권의 소설과 시집에 친필 싸인을 받는다. 각하가 존경심을 드러낸다. 국보급 인간문화재라고 칭송하며, 예술원 정회원이 되도록 힘쓰겠다고 약속한다.

그가 대통령 가족과 식사했다는 소식이 널리 알려지면서, 셀럽들의 초대가 줄을 잇는다. 그가 오래전에 불과 1년 남짓 살았던 지방에서 연락이 온다. 군청 문화관광과장이 찾아온다. 군수가 제의하고 군의회가 승인하여, 그를 기리는 문학관을 관내에 설립하기로 했단다. 응낙해 달라고 애원한다.

천재작가를 모시고 팬클럽 주역들과 작가 지망생들이 저녁모임을 열었다. 열서너 명이 참석했는데, 반쯤은 여성이다. 그의 좌우에 짙은 화장을 하고 진한 향수를 친 묘령의 여인 둘이 앉았다. 식사를 마치고 환담하는 중에 피로를 느낀 그가 어깨를 몇 번 돌렸다. 앞에 앉은 중년 여성이 그의 오른편 여인에게 눈짓을 했다. "선생님, 제가 어깨를 좀 주물러 드릴게요!" 하면서, 나긋나긋한 손가락이 그의 어깨 근육을 풀어준다. 그는 눈을 스르륵 감았다. 왼편 여인이 그의 허벅지를 주물러준다. 그의 몸을 주무르는 두 여인에게는 사모하는 눈빛이 가득할 뿐, 음한 조짐은 전혀 찾아볼 수 없다. 여인들은 그의 몸에 손을 댈 수 있는 황송한 기회를 놓치지 않으려는 듯했다. 그는 안심하고 순순히 몸을 내맡겼다.

그 모임 이후로 문단 작가들이나 문학 애호가들이 마련한 오붓한 자리에서는 그의 피로를 풀어주는 안마 혹은 마사지 서비스가 자연스레 행해졌다. 서비스 담당은 물론 여성 몫이었다. 그에게 서비스 받는 습성이 붙었다. 서비스를 받다가 처음에는 장난조로 옆의 여인들을 끌어안기도 하고 볼을 비비기도 하다가, 나중에는 음한 기운이 뻗쳐 치부를 건드리기도 했다.

한번은 문단 작가들이 중심이 된 아주 오붓한 자리가 마련되었다. 그의 옆에는 통통한 30대 여류작가가 앉았다. 그는 인삼주를 석 잔 마시고 약간 취기가 올랐다. 남녀 간의 접촉에 이골이 난 그는 여느 때처럼 옆으로 엎어지며 통통한 허벅지를 주물럭거렸다. 손은 점차 아슬아슬한 부위까지 올라갔다. 그 순간 여류작가는 그의 손을 세차게 뿌리치면서 방문을 박차고 뛰쳐나갔다. 이번 여성은 간단치가 않았다. 수치심과 분을 참지 못한 여류작가는 SNS에 자신이 당한 일을 적나라하게 올렸다. 이 글은 문단의 임금님 귀는 당나귀 귀라는 폭로이면서, 문단의 임금님은 벌거벗었다는 고발이었다. 그러자 정신이 버쩍 든 피해 여성들이 줄지어 그의 성추행을 폭로하고 고발했다.

그의 앞에 깔렸던 꽃길이 덮이고, 가시밭길이 열렸다. 그가 다니던 음식점 주인은 쌀쌀한 눈초리로 음식 값을 받았다. 책이 팔리지 않았다. 아내는 몸져누워서 '억억' 신음을 했다. 자식들은 밖에 나가기를 꺼렸다. 그를 기념하는 문학관은 폐쇄되었다. 그가 쓴 주옥같은 글들은 중고교 국어교과서에서 삭제되었다.

그가 때늦은 한탄을 한다.
'내가 글은 다듬으면서, 자신은 다듬지 못했구나!'

11

장서가

그가 난생 처음 책을 만났다. 네 살 때쯤 문자를 깨치고 책을 읽기 시작하자, 책이란 마법의 세계에 빠져들었다. 지식과 정보의 세계라기보다는 경이롭고 신비하고 멋진 신세계였다. 꿈꾸는 동화, 신나는 모험담, 용감한 영웅전, 구전되던 전설이 문자로 펼쳐졌다. 갓 인쇄한 책에서 나는 휘발성 냄새도 좋았다. 그는 책을 사랑했다. 이제 그는 책 없이 살 수 없게 되었다. 모두들 그를 두고 책벌레라고 했다.

읽을 책을 구해 책을 빌려보다가 책을 사들이는 단계로 넘어갔다. 부모를 졸라 책을 사고, 용돈을 털어 책을 손에 넣었다. 어린아이의 방이 장난감이 아니라 책으로 채워졌다. 책을 사랑해서 그런지 그는 학자의 길을 걸었다. 책을 사 모으는 것이 그의 부업을 넘어 운명이 되었다. 책을 엄청나게 사 모았다. 책 사는 데에는 돈을 아끼지 않았다. 아니, 책 사는 데에는 돈이 아깝지 않았다는 표현이 정확하다. 전공서적 이외에 교양서적 그리고 문학, 철학, 종교, 지리, 역사, 자연과학 등 다양한 분야의 기본서를 갖추고, 괴담기설 모음집 같은 것도 사 모았다. 신간서적뿐만 아니라 중고서적도 구하러 다녔다. 수집벽에 사로 잡혔다. 교수가 된 후 외국에서 장기간 연구생활을 할 때에도 연구실보다는 서점에서 살다시피 했다. 돈과 시간의 대부분이 책 구입에 바쳐졌다. 그는 장서가로 소문이 났다.

　모은 책이 책장에 그득히 쌓인 것을 보면 흐뭇했다. 며칠간 먹지 않아도 장서를 바라보면 배가 불렀다. 귀한 책은 손에 넣으려고 벼라 별 짓을 다했다. 한번은 큰아버지 집에 놀러갔다가, 손에 넣으려고 벼르던 책이 있는 것을 발견하고 몰래 훔쳐왔다. 훔친 죄의식을 덜려고, '큰아버지는 사업하시니까 그런 학술서는 필요가 없어. 학자인 내가 갖고 있는 게 옳아!'라면서 맘속으로 정당화하기도 하고, '책도둑과 꽃도둑은 도둑이 아니야!'라는 궤변을 중얼거리기도 했다.

　그러나 도둑은 도둑이기에 그 사건 이후로 절대 책을 훔치는 일은 하지 않았다. 그러나 자신의 책도둑질로 인하여 조심성이 늘었다. 다른 사람이 자기 책을 훔쳐갈 수 있다는 경계심이 생긴 것이다. 그래서 학교 연구실에 있는 책을 모조리 집안 서재로 옮겼다. 학교 연구실에는 출판사에서 보내온 증정본, 2배수로 소장한 책, 학교 도서관에서 빌린 책, 그 밖에 별로 값어치 없는 책 따위를 남겨 놓았다. 집에 있는 책도 누가 훔쳐가지나 않을까 해서 1만권이 넘는 소장 도서를 서명과 서가에 꽂힌 위치와 연계해서 꼼꼼히 기억해 두었다. 책을 빌려주지도 않았다. 빌려가고서는 반환을 질질 끌든지, 잃어버렸다고 할까봐 걱정되어서였다. 가족에게도 자신의 책을 남에게 빌려주지 말라고 신신당부했다.

수집가는 당연히 수집품을 자랑하고 싶어 한다. 가끔 학자들이나 학생들을 집으로 불러 서재로 끌고 들어가 다섯 수레 가득한 장서를 과시하고, 경탄하는 손님들을 바라보며 즐긴다. 손님들이 돌아갈 때는 소지품을 유심히 살핀다.

책이 서재의 세 벽에 설치된 서가 천장까지 채우고 넘쳐, 차후로 들어온 책은 거실에, 현관에, 발코니에 쌓아놓았다. 가족들의 불평을 개의치 않았다. 책이 쌓일수록 기쁨이 늘어갔다. 그러다보니 책 수집에 대부분 시간을 쏟아 붓게 되고, 정작 책 읽는 시간은 별로 없었다. 책만 자꾸 쌓여갔다. 수단이 목적이 되었다. 남아수독오거서(男兒須讀五車書)란 옛말은 남아수집오거서(男兒蒐集五車書)로 변질되었다.

소장한 책 때문에 좀처럼 이사를 하지 않으려던 그가 부득이 이사를 가게 되었다. 살던 곳이 재개발된다니 별 수 없었다. 이삿짐이 엄청났다. 책 때문이었다. 6톤짜리 이삿짐 트럭이 2대 더 필요했고, 이사 비용도 갑절이었다. 더욱 힘든 것은 그 자신이 소장도서 전부를 서가에 새로 꽂으면서 위치를 기억해야 하는 일이었다. 그는 두 번 다시 이사하지 않겠다고 맹세했다.

그가 65세가 되어 대학에서 정년퇴임을 하고, 그 후로도 객원교수니 초빙교수니 하는 직책으로 대학 강의를 더 하다가, 70세가 지나자, 그야 말로 명실상부 은퇴하게 되었다. 집 크기도 줄여 서울 외곽 아파트로 이 사 가기로 결정하고, 부부가 대폭 살림 짐 줄이기 작업에 들어갔다. 학자 생활이 막을 고하기에 그가 용단을 내려 그 귀하디귀한 애장 도서를 정 리하기로 했다. 세월을 이기는 장사가 없는 법이다. 그는 늙음에 순응하 기로 했다.

애장도서를 맨 먼저 애제자들에게 나눠주기로 했다. 제자들을 집으로 불러 각자 갖고 싶은 책을 챙겨가라고 했다. 그는 자식들에게 유품을 넘 겨주는 심정이었다. 그런데 장서를 주욱 훑어본 제자들은 귀한 학술서에 는 손대지 않고, 자신이 강의하느라 손때 묻은 책 한 두 권만을 뽑아갈 뿐 이었다. 스승의 체취나 흔적에만 관심이 있는 듯 했다. 제자들이 치하하 며 돌아간 후, 1만권이 넘는 장서에서 10여권이 줄었을 뿐이었다. 30여 년을 봉직했던 학교 중앙도서관에 연락했다. 장서를 기증하겠다고 했다. 그 다음날로 연락이 왔다. 호의는 고맙지만, 도서관 서고가 부족해서 기 증도서를 받지 못한다고 했다.

은퇴 후 장서를 처분한 선배 교수들에게 알아보았다. 다들 쓰레기 수거장에 그냥 내버렸다고 했다. 그도 별 수 없었다.

  일꾼을 사서, 그 많은 책을 쓰레기장으로 날랐다. 한나절이 걸렸다. 저녁 즈음에 그 혼자 남아 쓰레기 신세가 된 장서를 바라보았다. '내가 어떻게 모은 책들인데!' 60년이 넘도록 그 많은 책을 수집하기까지 자신이 애쓴 노고와 얽힌 에피소드가 머릿속을 주마등처럼 스쳐 지나갔다.

  그는 책을 모조리 버린 후, 마지막으로 돌아서기 섭섭해서, 책 더미 속에서 아무거나 한 권을 뽑아들었다. 책 제목이 '정보통신시대'였다. 아무 페이지나 한 곳을 열고 읽었다.

  "지금은 세상의 모든 지식과 정보가 문자 그대로 손 안에 들어오는 시대입니다. 스마트 폰 하나로 세계 유명 도서관, 박물관, 미술관에 접속해서 알고자 하는 것과 보고 싶은 것을 모두 내 것으로 할 수 있습니다. 이 시대를 사는 우리들은 애써 책을 사 모을 필요가 없습니다."라고 쓰여 있었다.

12
외모지상주의

　식구들이 일요일에 아침을 같이 한다. 아침식사에 모두 모여 머리를 맞댈 수 있는 유일한 요일이 일요일이다. 그렇지만 막내딸 고은이가 보이지 않는다. 그 아이는 자기 방에 들어가 혼자 식사를 한다. 고은이는 14살 된 중학교 2학년 여학생이다. 이름처럼 얼굴이 곱게 생겼다.

　고은이는 간소한 식단을 접시에 담아와 책상에 올려놓는다. 식단이랄 것도 없다. 방울토마토 1개, 삶은 메추리알 1개, 볶은 땅콩 3알이 전부다. 유리컵에 3분의 1가량을 채운 우유가 음료이다. 모질게 다이어트하는 자신을 걱정스레 바라볼 부모님의 시선이 싫어서 고은이는 혼자 식사한다. 고은이는 접시를 보며 '오늘 아침 식사량은 좀 많다'고 생각한다. 땅콩을 한 알만 먹기로 한다. 목표 체중은 35kg이다. 아직 3kg을 더 감량해야 한다. 지난 다섯 달 사이에 체중을 22kg이나 뺐다. 키 158cm에 홀쭉하다 못해 앙상한 체격이 되었다.

　다섯 달 전에 고은이는 통통한 아이였다. 보기에 좋았다. 그러나 사람 몸매를 보는 세상눈이 급격하게 달라졌다. 뚱뚱한 게 부티와 귀티의 상징이던 시대는 갔다. 못살던 시대에나 두툼한 살집을 동경한다.

TV에서 노래하며 춤추는 아이돌 그룹 멤버들을 보라! 패션 잡지에서 여성 모델들 사진을 보라! 뚱보는 없다. 뚱땡이는 미련하고 게으르고 심술궂고 불결해 보인다. 왠지 불편하고, 보기만 해도 덥다. 고도비만자는 루저(loser)이다. 살과의 싸움에서 패배한 자는 자신과의 싸움에서 패배한 자이고, 앞으로 그 무엇도 할 수 없는 무기력한 인간이다. 상류층 계급은 날씬하다. 날씬한 아이들은 센스 있고 공부 잘하고 싹싹하고 똑 소리 난다. 돈도 많다. 인류의 인종 분류는 크게 뚱보와 홀쭉이로 양분된다.

고은이가 다니는 학교의 같은 반 여학생은 25명가량이다. 체중과 체형을 기준으로 한 분포는 네 그룹으로 세분된다. 뚱뚱이 그룹과 날씬이 그룹, 그리고 각각 그 하위 그룹으로 소수의 초고도비만층과 말라깽이층이 있다. 뚱뚱이 그룹과 날씬이 그룹은 서로를 경멸한다. 서로 간에 상종하지 않는다. 별명을 지어 놀리기도 한다. 배불뚝이(pot belly), 코끼리 다리, 먹자판이 이쪽 놀림이고, 깡순이, 꼬챙이, 굶자판이 저쪽 놀림이다. 놀림이 심하면 싸움도 난다.

사춘기는 신체와 생리에 있어서 급변기이며 정신적으로 교란되어 있어서 자신의 정체성을 찾기 어렵다. 사춘기는 방황기이다. 사춘기 연령층이라 할 수 있는 10대 전반기에는 같은 나이 또래를 내리누르고 있는 심리적 압력에서 벗어나지 못한다. 고은이 정신계의 정점에는 외모에 대한 미의식(美意識)이 자리하고 있다. 고은이가 맹종하는 이데올로기는 루키즘(lookism), 즉 외모지상주의이다. 외모에는 용모와 몸매가 있다. 고은이는 얼굴은 고운데, 통통한 몸매가 불만이었다. 시대의 미적 기준은 날씬함을 넘어 말라빠진 몸매를 향해 가고 있다. slim으로는 부족하고, skinny해야 만족한다. 고은이는 살 빼는 시대풍조에서 허우적거리는 아이다.

어느 토요일 고은이는 갑자기 치밀어 오르는 식욕을 느꼈다. 걷잡을 수 없는 식욕의 쓰나미가 몰려왔다. 그동안 굶어도 너무 굶었다. 예전에 좋아하던 음식이 눈앞을 스쳤다. 치킨, 떡볶이, 대게찜, 아이스크림, 단팥빵 등등 너무나도 많았다. 아버지에게 저녁 뷔페를 사달라고 했다. 부모는 크게 기뻐하며 최고급 뷔페에 식구들을 데리고 갔다. 고은이는 무지막지하게 닥치는 대로 먹었다. 그동안 못 먹은 것을 이번 한판에 해치우려는 듯했다. 배가 불러서가 아니라, 위가 아파서 더 이상 못 먹을 때까지 먹었다. 의자를 뒤로 물리고 한숨 돌리는 순간, 제정신이 들면서 후회가 몰려왔다. 먹은 게 왈칵 올라왔다. 화장실로 달려갔다. 변기에 먹은 걸 토했다. 손가락을 목구멍에 넣고 토할 수 있을 만큼 모조리 게워냈다. 고은이는 그날 집에 돌아와 자기 방에서 엉엉 울었다.

10대 뿐만 아니라 연령을 불문하고 외모가 운명을 결정짓는다는 표피 (表皮)시대에 살고 있다. '껍데기는 가라.'라는 외침은 '껍데기가 짱이다.' 라는 함성에 묻혀, 거의 들리지 않는다. 오죽하면 음식에서도 껍데기를 최고로 치는가? 돼지 껍데기, 패킹덕 껍질, 쌀겨를 선호한다. 외모가 출중하면 모든 게 용서된다. 영어 선생이 "The king can do no wrong."을 가르치자, 하나를 배우면 열을 아는 똘똘이 고은이는 당장 "The beauty can do no wrong."이란 문장으로 바꿔서 외워버린다. 그렇다! 장관 후보자로서 국회 청문회장에서 비리와 불의가 명백하게 드러났는데에도 불구하고, 그의 뛰어난 외모가 정의롭고 진실한 사람임을 믿어 의심치 않게 만드는 마력을 발휘하지 않았는가? 그런 기적 같은 마력을 온 국민이 체험하고 나서, "아름다움에는 잘못이 있을 수 없다."라는 신조어(新造語)에 빨려 들어간다. '이쁘면 착하다.' '이쁘면 옳다.' '이쁜이의 잘못은 무죄다.'

미(美)라는 가치가 진과 선이라는 가치를 덮어버리는 상위가치로 군림한다. 심지어 미가 건강까지 삼켜버린다. 건강을 망치더라도 외모를 쟁취해야 한다.

여자의 외모는 남자를 쥐는 확실한 힘이다. 외모로 결혼 잘 해서 팔자 고친 여자들이 얼마나 많은가? 여자의 외모는 돈이요, 권력이요, 명예요,

특권이다. 미모의 여자들은 하늘의 선택을 받은 소수의 특권층에 들어간다. 그러니 목숨 걸고 외모를 쟁취해야 한다. 죽자 사자 공부할 필요가 없다.

고은이는 skinny한 패션모델 사진을 머리맡에 걸어놓고, 삶의 모든 목표를 마른 몸매 달성에 두었다. 굶으며 운동했다. 심지어 물도 살찐다고 해서 물마시기를 삼갔다. 오래 동안 몸에 억지를 부린 결과, 체질마저 변했다. 식욕이 없어졌다. 음식을 보면 메스꺼워졌다. 거식증이다.

독한 의지력이 고은이를 미이라 몸매로 몰고 갔다. 고은이는 마르면 마를수록 자신감과 자부심이 커져갔다. 고은이는 자신을 인생의 금메달리스트로 생각한다.

고은이는 살과의 전쟁에서 9단이라는 최고 등급에 달한다. 그 어려운 싸움에서 승리한다. 피골이 상접한 극한 경지에 도달한다. 면벽 9년 수도 끝에 득도한 달마대사의 몸이다. 고은이는 몸매 득도자이다.

그러나 득도의 경지에 오른 환희심은 일순간이다. 찰나에 추락이 온다. 고은이 온몸의 피부가 푸석하다. 생리가 없다. 어느 날 아침 고은이의 치아가 뭉텅이로 빠져 나간다. 머리털도 한 움큼씩 빠져나간다. 심장의 박동이 고르지 않다. 다리와 팔의 관절이 휘어진다. 저혈압과 저체온

증이 온다. 눈앞의 물체가 흐릿하게 보인다. 고은이가 의식을 잃고 쓰러진다. 어머니가 놀라 구급차를 부른다. 고은이는 병원으로 실려 가면서, 꺼져가는 마지막 의식에 중얼거린다.

"하나님, 제게 고은 외모가 아니라 고은 마음씨를 주시지 그랬어요!"

13
이웃

    이웃사촌이라는 말이 가당치도 않게 이웃원수가 된 두 집이 있었다. 그 발단은 주차문제였다. 차고도 없이 차를 갖고 있는 두 집은 막다른 골목길 담 옆에 바짝 붙여 주차를 해야 했다. 골목 안쪽에 주차를 해야 하는 아랫집은 골목 입구 쪽에 주차한 윗집이 차를 빼주어야만 들고 나기가 가능했다. 그러하니 주차문제를 둘러싸고 이웃 간에 수시로 신경전이 벌어지고, 빼깟한 경우에 상한 감정이 쌓여 서로 으르렁거리는 대치국면으로 악화되었다.

    불붙은 감정싸움에 기름을 부은 사건은 재산권 다툼이었다. 윗집이 대대적으로 집수리를 하려고 대지 측량을 한 결과, 자기네 땅 두 평가량이 아랫집 골목길 통로로 사용된다는 사실을 알게 되었다. 먼저 건축한 아랫집이 윗집 땅을 오랫동안 통행로로 무단 사용해온 셈이 되었다.

    윗집이 가만있을 리 없었다. 아랫집이 불법 사용하는 땅값을 내놓지 않으면 통로를 막아버리겠다고 으름장을 놓았다. 윗집이 요구하는 땅값은 시가로 따져 5천만원이 넘었다. 아랫집 주인은 문제된 토지에 대하여 통행할 지역권을 시효 취득했다고 주장했다. 윗집 주인은 소유권은 시효 소멸하지 않으니까 통로로 사용해왔고 앞으로 사용하게 될 부당이득을 금전으로 반환해야 한다고 언성을 높였다. 두 집 모두 민사에 밝은 변호사에게 자문을 받았다고 했다.

　돈 문제가 걸리자 두 집 간의 감정싸움은 골이 깊어졌다. 이젠 사소한 문제를 갖고도 두 집은 극한대립으로 치달았다. 그리 늦지도 않은 밤에 옆집이 소란스러우면 다른 집 부부가 항의하고 민원을 넣기도 했다. 다른 집 마당에서 담배연기가 올라오면 옆집 부부가 핏대를 올리고 간접흡연피해가 심하다면서 동네방네 떠들고 다녔다. 윗집 네살된 딸과 아랫집 다섯살된 아들은 같은 유치원에 다니는 단짝이었는데, 지금은 서로 쳐다보지도 않으려고 하는 앙숙이 되었다. 주택지구에서는 주차문제로, 아파트에서는 층간소음문제로 살인까지 빚는다는 이야기가 빈말로 들리지 않았다. 철천지원수지간이 된 두 이웃은 근린생활을 지옥으로 만들었다. 한 집이 이사를 가거나 다른 한 집 부부가 병들어 죽어야만 끝날 것 같은 근접전이요, 나날이 벌어지는 격전이었다.

　어느 겨울철, 아랫집 마당에서 콸콸 물이 쏟아지는 소리가 그치지 않았다. 윗집 주인이 무슨 일인가 하고 담장 너머로 머리를 치켜들었다. 마당에 있는 수도꼭지가 얼어 터져 연신 물을 뿜어내고 있었다. 아랫집 마당은 이미 쏟아진 수돗물이 얼어붙어 썰매타기 좋은 빙판이 되어 있었다. 들리는 말로 아랫집 식구들은 일주일 예정의 해외여행을 떠났다고 했다. 윗집 주인은 뒷걱정 밀쳐버리고 담을 넘어가 아랫집 수도계량기 함을 열어 수도밸브를 잠가버렸다.

어느 날 깊은 밤에 아랫집 주인이 담배 피우려고 마당에 나왔다가 윗집에서 시커먼 연기가 솟구치는 것을 보았다. 담장 너머로 고개를 빼 살펴보니, 윗집이 연기에 쌓여있었고 사이사이로 불길도 내비쳤다. 아랫집 주인은 잡생각 걷어치우고 담을 넘어가 윗집 대청 유리창을 깨부순 후에 자고 있던 식구 셋을 끌어내었다. 병원 응급실 당직의사의 말로는 화재시에 불에 타죽는 사람보다 유독 가스에 질식사하는 사람이 더 많다고 하면서, 5분만 늦었어도 세 식구는 연기에 질식해 죽었을 것이라고 했다.

겨울철 낮에 해가 비추면 밤새 얼어붙었던 처마 끝 고드름이 녹아떨어진다. 이때 떨어지는 고드름은 이만저만한 흉기가 아니다. 고드름 아래쪽은 송곳처럼 뾰족하고, 큰 고드름은 직경 한 치에 길이 한 자가 예사이니, 이놈이 수직 낙하하면서 지나가는 운 나쁜 사람에게 떨어지면 끔찍한 결과를 낳는다.

아랫집 여주인이 귀가하는 길에 윗집 네살된 딸이 우연찮게 고드름 주렁주렁 달린 빌딩 가장자리에 앉아있는 것을 보았다. 아이는 신발 속에

든 흙을 털어내는 중이었는데, 하필이면 무시무시한 고드름들이 달려있는 처마 밑에 앉았던 것이다. 아랫집 여주인은 단숨에 달려가 다짜고짜로 아이를 밀쳐내었다. 일순간 아이가 앉았던 자리에 식칼 크기의 고드름이 내리꽂히는 것이 아닌가! 아이는 집에 가서 그날 있었던 소름끼치는 사건을 일렀다.

동네에 위험한 유기견이 출몰한다고 주민센터에서 통지문을 돌렸다. 광견병에 걸린 유기견일 지 모른다는 경고가 덧붙여졌다.

윗집 주인이 공원 산책을 마치고 돌아오는 길에 골목 입구에서 손에 꼬치구이를 든 아랫집 다섯살된 아들과 유기견이 대치하고 있는 장면을 목격했다. 유기견은 꼬치구이를 빼앗아 먹으려고 아이에게 달려드는 절체절명의 순간이었다. 윗집 주인은 몸 사리지 않고 등산용 지팡이를 휘둘러 개를 쫓았다. 아이는 집에 가서 그날 있었던 경악할 사건을 일렀다.

그 해 동짓날에 아랫집은 단팥죽을 쑤어, 한 항아리 담아 윗집에 보냈다. 윗집은 깨끗이 씻은 빈 항아리에 곶감 한 접을 넣어 돌려주었다.

새해가 되자 이웃원수는 이웃사촌이 되었다.
밝은 해가 두 집을 따스하게 비추고 있었다.

〈센타크논 전문집 끝〉

지난 5년간 영종도에서 살며 장편소설 세 권을 썼다. 작년 11월 영종도를 떠나 강원도 평창으로 이사했다. 이사 후에는 짧은 글을 쓰고 싶었다. '새 술은 새 푸대에!'가 아니라, '새 푸대에는 새 술을!'이 된 셈이다.

금년 초 COVID-19 사태가 발발한 이래로, 대면접촉 사회라는 의미에서의 사회생활이 후퇴하고 자의든 타의든 집콕 생활이 대세로 들어섰다. 나로서는 불감청고소원(不敢請固所願)인 글쓰기 환경이 조성되었다. 그동안 내 은둔의 결실이 센타크논 전문집이다.

이 책을 제1장과 제2장으로 나눈 것은 글의 성격이나 형식에 있어서 차이가 있어서가 아니라, 분량을 염두에 둔 편의상의 구분에 지나지 않는다. 1장에는 대략 200자 원고지 13매 이내의 글을, 2장에는 13매가 넘는 글을 모았다.

2020년 11월, 평창에서 저자 씀

센타크논 시리즈

• • • •

센타크논 제1권
센타크논 시리즈 ①

제1편과 제2편: 외계 우주선 함장 센타크논이 험난한 우주항해 끝에 지구에 도착한다.

제3편: 센타크논이 지구인 4명을 추적관찰한다.
* 어떤 화가의 예술, 사랑, 죽음 이야기가 펼쳐진다.
* 어느 법과대학 세 교수의 학문, 갈등, 대학현실, 죽음 이야기가 펼쳐진다.

탁란조의 비밀 제2권
센타크논 시리즈 ②

제1편: 센타크논이 지구인 2명을 추적관찰한다.
친구 사이인 두 공무원의 이야기가 펼쳐진다.
시기, 밀고, 긴 옥살이, 출세욕, 복수극, 파멸 이야기이다.

제2편: 해양오염으로 심해에 사는 거대 공룡 네 마리가 난동을 부리고, 바다를 제패한다.
지구인의 삶이 최후를 맞기 직전에 센타크논의 부하 대원들이 공룡을 처치하는
이야기가 펼쳐진다.

영성지수 제3권
센타크논 시리즈 ③

제약회사의 기업소설로 시작하여 영성소설로 끝나는 이야기가 펼쳐진다.
주인공의 무병장수의 꿈, 고난과 번뇌, 골육상쟁, 치열한 구도의 삶이 종내 영성생활로
치닫는 이야기이다.

센타크논 전문집

센타크논 제4권

초판 2020년 12월 4일 발행

지은이_ 임웅
펴낸곳_ 도서출판 창조와 지식
인쇄처_ (주) 북모아

출판등록번호_ 제2018-000027호
주소_ 서울특별시 강북구 덕릉로 144
전화_ 1644-1814
팩스_ 02-2275-8577

ISBN 979-11-6003-270-3 03800

지식의 가치를 창조하는 도서출판 **창조와 지식**
www.mybookmake.com